一间自己的房间

[英]弗吉尼亚·伍尔夫——著

卞丽——译

北方联合出版传媒(集团)股份有限公司

万卷出版有限责任公司

图书在版编目（CIP）数据

一间自己的房间 / （英）弗吉尼亚·伍尔夫著；卞
丽译. -- 沈阳：万卷出版有限责任公司，2024.6
ISBN 978-7-5470-6467-2

Ⅰ.①一… Ⅱ.①弗… ②卞… Ⅲ.①妇女文学—文
学评论—世界 Ⅳ.①I106

中国国家版本馆CIP数据核字（2024）第049410号

出 品 人：王维良
出版发行：北方联合出版传媒（集团）股份有限公司
　　　　　万卷出版有限责任公司
　　　　　（地址：沈阳市和平区十一纬路29号　邮编：110003）
印 刷 者：辽宁新华印务有限公司
经 销 者：全国新华书店
幅面尺寸：145mm×210mm
字　　数：150千字
印　　张：7
出版时间：2024年6月第1版
印刷时间：2024年6月第1次印刷
责任编辑：王　越
责任校对：张　莹
封面设计：仙　境
版式设计：李英辉
ISBN 978-7-5470-6467-2
定　　价：39.80元
联系电话：024-23284090
传　　真：024-23284448

一

　　你们或许会问，我应约来谈的话题是女性与小说，而一间自己的房间与此有何相干呢？个中缘由请听我细说。那天，一收到诸位的邀请，我就坐在河边，开始琢磨起来。乍一看，要论女人与小说，范妮·伯尼的作品，寥寥几笔即可带过；但对于简·奥斯汀的介绍，万万不可潦草；勃朗特三姐妹则要浓墨重彩、不吝赞美，还要附上一张霍沃斯牧师旧宅的冬日雪景素描画；关于米特福德小姐的小说，可以见缝插针地说几句俏皮话（如果时间够的话）；更要毕恭毕敬地援引一大段乔治·艾略特的文学典故；当然，不可不提盖斯凯尔夫人，不敢想象有人会漏掉她的大作。但转念一想，这个话题似乎并不能这么草草了之。那么，在"女性与小说"这个标题下，你们又会揣摩些什么呢，它是指女性与小说中的女性肖像吗，是指女性作家与小说吗，还是指围绕女性而写的小说呢，或者说不知何故，这三者淋漓自然地晕染为一体，你们也想让我从这个角度畅谈其斑斓之色。但我很快就发现，这种最风雅的讨论方式，其实也是最致命的。至于结论，不知其期。目前看来，恐怕我连演说家的第一要务也完成不了：在一小时演讲后，就能交给你们一大块金矿石，名曰无上真理，你们用纸笺把它裹好带回家，从此，它就会一劳永逸地躺在家家户户的壁炉台上。我所能做的只是给你们提一点儿小建议——女人若要写小说，需得两样东西：一是自己有钱，二是有自己的房间。然而，正如你们所见，女人本性与小说本质到底是什么，答案仍在云雾中。我不惜落荒而逃，也不愿草率结论——对我而言，女性与小说二者都是难解之题。作为补偿，我将尽我所能向你们敞开心扉，漫忆往事，聊聊这两样东西——拥有金钱与私人房间——之于我的全部意义。至于这个主张背后所藏的思想和偏见，倘若你们能洞悉，定会放下先前对女性与小说所抱的成见。无论如何，对于极具争议的话题——任何关于性的问题都会一石激起千层浪——别指望人们能说出真相。一个人只能一步步演示自己的推论过程，听众则有机会一面观察这位沉溺于个人癖好的演讲者，看他如何偏执于一孔之见；一面得出自己的结论。就此而言，与其说小说可能含有事实成分，倒不如说它藏着世界真相。因此，我打算利用小说家的自由和特权来讲个故事。猜猜在我来这儿之前的两天里都发生了什么，主题演讲的重担自不必说，不仅沉甸甸地压在我肩上，也盘踞于我心底，我时时刻刻都在推敲它，用日常生活之火反复淬炼它。更不必说我所描述的下列事物压根儿就不存在："牛桥"之地纯属乌有之乡；"费纳姆"一词也是信手拈来的；自称为"我"是为了方便起见，不过是一道虚幻魅影。谎言从我笔端汩汩流出，夹杂着些许真理的金砂；世间有多少真理等待你们一路追寻，又有多少真相值得妥善收藏。倘若不值，当然要把它们一股脑儿都扔进废纸篓，然后忘得一干二净。

　　一两周前，十月的天空晴朗无云，我（叫我玛丽·贝顿吧，或者玛丽·西顿，玛丽·卡迈克尔，叫什么名字都无妨）坐在河岸上，陷入了沉思。一谈起女性与小说，人们往往好逞偏见，迸发激情，却无定论，每念及此，不由得让我深深埋下了头。河流两岸灌木丛生，仿佛燃起了一团团金黄、猩红的火苗，甚至有点像被烈焰灼伤的样子。在河对岸，柳树诉不尽绵绵哀怨，一头长发凌乱地披散在双肩。天空、桥梁和火焰般燃烧的树木，不拘何等模样，都恣意倒映在水中。一个大学生划着小船穿过倒影，随后，影之国又关上了门，就像从未有人造访过一样。无论晨昏，人们都可以坐在这岸上出神冥想。此际，我的冥想——用词虽不够谦逊，却更能彰显自尊——已经把它的钓鱼线沉入水中。时间在一分一秒地过去，鱼线在倒影和水草间来回摆动，随着水流浮沉不定，直到那一刻——你知道那种冷不丁猛地一拽——鱼线另一头钓到了一个不知从何聚拢而来的念头；然后，要小心翼翼地把它拖上岸，慎之又慎地在人前展示的感觉吗？唉，我的这个念头，有如晾在草地上的小鱼小虾，多么无足轻重；而一个好渔夫会把这类小鱼放回水里，等它长得更肥美些，择日再来大快朵颐。所以，我不想让别人为我不成熟的想法而平添烦恼，不过，诸位细读之后，终会发现它就藏在这篇演讲的字里行间。

　　不管这个念头多么微渺难寻，但思想本身的神秘特性从不会变。在它闪回脑海的一刹那，小鱼儿变成了令人兴奋的深海尤物，一会儿鱼翔浅底，往来翕忽；一会儿在海上飞来闪去，忽隐忽现，弄得浪花四溅，而我却再也按捺不住了。就这样，我发现自己竟不知不觉、箭一般地穿过了草坪。突然，一个男人起身拦住了我。这人骨格清奇，穿着晚礼服衬衫，外搭一件得体的燕尾服。一开始我还没明白过来，原来他是在打手势阻止我。他愤愤不平的脸上还流露出某种恐惧不安。不是凭推理，而是直觉告诉我，他是仪仗官；我是个女人。这儿是草皮；那儿有条小路。这里只允许研究员和学者进入，碎石小路那边才是我该待的地方。一连串念头一个接一个地冒了出来。当我重返石子路时，那位仪仗官放下了手臂，脸色也恢复了往日的风平浪静。比起草坪，布满沙砾的小路真不好走，但并未造成太大伤害。倘若我能对这所学院——姑且不论这是哪所学院——的研究员和学者们提出一项指控，我唯一的指控，就是他们为了保护自己的地盘，那块他们自己来回踱了三百年的草皮，害得我的小鱼儿躲了起来，不知所踪。

　　我如此大胆地闯入禁地，到底是受什么念头驱使，现在也记不清了。静谧之神犹如一朵白云，自天堂而降。倘若神祇可以随意栖居，那么，它定会选在十月清秋，一个晴空万里的早晨，降临"牛桥"大学的宿舍区和四方院。穿过那些浸润在古老时光里的礼堂走廊，在一座座学院里闲庭信步，现世弥漫的种种纷乱忧伤似乎都被抚平了；此时，我的肉身仿佛置于不可思议的琉璃阁中，没有一丝声音透进来，心灵摆脱了一切实务俗事的纠缠（除非此刻有人再次闯入草坪），终于找到一块可以自由盘旋、任意起落的停栖地，但凡此心安处，无限幽思也会安息于当下之巢。之前，为了消磨漫长假期，我碰巧零零散散地读过几篇重游牛桥的旧文，自然而然地怀想起查尔斯·兰姆——萨克雷曾把他的来信紧贴前额，称他为圣·查尔斯。说实话，在仙逝他方的名家之中（他们赐我灵感，我也把所思所想与诸位分享），只有兰姆与我最是意气相投；倘若遇到这么一位文章圣手，谁能忍住不向他讨教一番呢：能否告诉我写散文的秘笈？依我看来，就连马克斯·比尔博姆也要甘拜下风，他精雕细琢的文笔敌不过兰姆电光石火般的狂野想象力，天才一如闪电撕裂长空，纵使透过断简残章，仍能窥见星垂阔野的诗象。大约一百年前，兰姆来访牛桥。当年，他查阅了弥尔顿的诗篇手稿，还写过阅读札记——那首诗名我一时想不起来了，可能是《利西达斯》。兰姆写道，《利西达斯》中有违语法的字词不能尽数，这个发现令他错愕不已。弥尔顿笔下词语变形，本义焉在，兰姆觉得这无异于亵渎神灵。不过，这反而勾起了我对《利西达斯》的好奇，究竟弥尔顿把哪些词改头换面了，猜度一下他为何而改，倒也不失为一个消愁解闷之法。紧接着，我忽然想到，兰姆所看的诗稿就在几百码外，不如跟随他的脚步穿过四方院，去那座内藏宝物、蜚声海外的图书馆一探究竟。就在我动身前去的路上，还想起萨克雷的《埃斯蒙德》手稿也藏于此。评论家们常说，萨克雷的这部小说臻于完美。但在我脑海中，他的文风矫揉造作，加之他一味模仿 18 世纪，真是令人一言难尽；莫非 18 世纪风格确是其真情流露——判断真情与否，可以依据他的手稿，看看改动之处到底是为了澄清意义，还是为了文饰风格。何为风格，何为意义？话已至此，要给二者下个定义。这个问题还没尘埃落定——实际上，此时我已走到图书馆门口。想必我是推开了门，因为门里倏地闪出一个人影，宛若守护天使，但他并非扑扇着一对白色羽翼，而是用一袭黑袍挡住我的去路。这位绅士和蔼可亲，一边挥手示意我退后，一边轻声向我道歉，声如银铃，却话带机锋。他解释说，女士不能擅自进入这座图书馆，除非有学院研究员的陪同或本人持有介绍信。

　　对于馆方而言，一座如此知名的图书馆若招女人怨恨，只是一件无关痛痒的事吧。神圣而庄严，却如死水般毫无波澜，它将世间奇珍深锁其中，沾沾自喜地酣然入梦。于我而言，它将永远不会醒转。当我愤愤不平地走下台阶时，不禁暗暗发誓，再不会祈求谁尽东道之谊，再不会唤醒深眠于此的回声。不过，离午餐时间还有一个钟头，该如何打发闲时呢？是去草地漫步？还是去河边小坐？如此宜人的秋日清晨，不应辜负；殷红的落叶扑扑簌簌地低舞着，渴望回归大地；散步或闲坐，不过是随性而行。这时，耳边传来阵阵乐声，人们在举行某种宗教仪式或庆祝活动。我路过教堂时，管风琴正奏出一段壮丽又悲怆的哀音。然而，在这片宁谧安详之中，就连基督徒们的无尽哀鸣，都像是对伤痛的遥忆薄奠，而非出于伤痛本身；甚至历经沧桑的管风琴，也似乎忘记了悲吟，转而如柔波细浪般轻拍我心。纵使本人有权进入，我也无意拜谒教堂。唯恐又被司事拦下，要我出示洗礼证书或者院长介绍信。单看这座宏伟建筑的外观，就已经妙不可言，往往不输于精美绝伦的教堂内室。置身于外，还可以静观一众信徒，在教堂门口或聚或散，像一群蜜蜂围着蜂箱口飞来飞去不停歇，不失为一桩趣事。有些人头戴便帽，身披长袍；有些人围着皮草坎肩；有些人坐着巴思轮椅；至于其他人，还没到中年，仿佛已被某种无形的力量操作一团，捏成了一只只异形生物，让人想起水族馆里的巨蟹和龙虾，在沙堆上艰难爬行。我倚着教堂外墙，环顾四周，大学的确像是一座避难所。这里完好保存着各种稀奇古怪的人物类型，倘若把他们抛到斯特兰德大街的人行道上，任其为生存而战，这些人很快就会呜呼哀哉。老院长和导师们的陈年旧事，又一桩桩浮现心头，但在我鼓起勇气吹响哨子之前——据说，一听到呼啸哨音，老教授就会飞奔而来——这群德高望重的信众早已鱼贯而入，唯有小教堂还留在原地。你们知道，这座教堂穹顶与塔尖高耸入云，人们远远就能望见它，就像一艘日夜漂泊、永不上岸的帆船，夜里点起灯火，这光芒照亮方圆百里，纵是群山起伏，也无法遮住。曾几何时，这座四方院所在地是一汪沼泽。试想一下，这片矗立着气势恢宏的学院和教堂的地方，如今四周草坪如丝绒般光滑，一度却是野草随风起浪，林猪拱土觅食。此刻，我驻足于灰蒙蒙的建筑所投下的阴影中，想必当年一群又一群的牛马车队，不远千里从异国他乡驮来灰沉沉的巨石，又不知耗费多少人力，才把这些石头严丝合缝地砌成石墙，然后，请来画家绘制彩色玻璃花窗。几个世纪以来，屋顶上不停晃动着泥瓦匠忙碌的身影，他们挥着铁锹和抹刀，搅拌着油灰和水泥。每逢星期六，他们就伸出长满老茧的手掌，等着有人从皮革钱袋里倒出一把叮咚作响的金币银币，让他们能够喝上几杯啤酒，玩几局九柱戏，算是晚间消遣吧。我思忖着，一定有白花花的银子源源不断地流入这方院子，否则，石头自己不会一块接一块地挪进来，泥瓦匠们也不会白白劳作：平整草坪，开挖沟渠，深耕翻土，修下水道。在那个时代，人们笃信笃行，不惜投入大笔金钱，为一堵堵石墙打下深厚地基。一旦教堂落成，国王、王后和名门显贵们则纷纷响应，打开金库大门，拿出更多金钱。为了确保赞美诗能永世传唱，学者们恒有教导，他们不仅赐予土地，还缴纳什一税。在这个理性时代，信仰早已散入云烟，但流入的金钱依然源源不断：提供奖学金，设立教职；现在，虽说金钱仍在哗哗流淌，但并非从王室金库中流出，而是从商家与厂家的财宝箱里，从那些工业巨子们鼓鼓的钱包里，他们立下遗嘱，反哺传其道、授其业的母校，无偿赠予厚礼，以期增设教授与讲师席位，提高奖学金额度。于是，就有了图书馆和实验室；于是，就有了天文台：这组精密仪器价值不菲，可以瞭望群星，令人眼花缭乱。然而，在几个世纪前，这里只有风中摇曳的野草和林间觅食的野猪。漫步庭院时，我也留意到金银浇铸的地基似乎不可动摇，自不必言；石板路已经把野草压得死死的。男仆们头顶托盘，楼上楼下跑个没完。窗槛花箱里，盛开着浓艳绮丽的花卉。不知谁家的留声机里飘出来一阵阵喧嚣浮华的音乐。一旦思绪飞起，便难以敛翼而栖——不论它飞至何地——都该折返了。大钟敲响了。我该循着路去赴宴了。

　　一个匪夷所思的事实是，小说家们总是千方百计要说服我们，一场午宴派对之所以令人念念不忘，缘于某人舌绽莲花，抑或其人处事明察善断。他们对饮食细节几乎绝口不提。这是他们一以贯之的写作秘辛，从不提汤羹、鲑鱼和仔鸭，仿佛喝汤、吃鱼和啖肉这类事可有可无，又仿佛席间从没人抽过一根雪茄或饮过一杯葡萄酒。恕我冒昧，本人要斗胆来挑战这则惯例。且听我说，这场午宴是从一道比目鱼开始的，盛在一只深底盘中，大学食堂厨师还浇了一层醇厚雪白的奶油，缀着点点褐斑，有如母鹿腹侧的斑点。接下来是一道鹧鸪，若你以为端来的不过是两三只光不溜秋、烤得焦黄的禽鸟，那就大错特错了。盘中鹧鸪风味各异，所蘸酱料、所配沙拉依次而列，也各有千秋，有的辛辣浓烈，有的清甜可口；土豆切片，薄如硬币，但没那么硬邦邦；蔬菜嫩芽，形似玫瑰花苞，但比玫瑰更滑嫩多汁。烤肉及其配菜刚刚吃完，那位寡言少语的服务员——也许正是仪仗官本人，只不过换了身更平易近人的行头——就把一道甜点摆在我们面前，仿佛一朵糖做的云，裹在一圈儿纸花里，从海浪中冉冉升起。称它为布丁，未免太敷衍了，倘若把它当成大米布丁或西米露之类的，简直是暴殄天物。此时此刻，杯光斛影交错，或空或满，或黄或红。一缕缕微光，渐渐照亮了灵魂的渊薮，那个靠近脊柱下半截的地方。这种幽光烛照，并不是我们称之为才华的东西，只能发出一小圈刺眼的电弧之光，仅在我们唇舌之间闪烁不定，而是一大团微暗的火，神秘莫测，深隐于心，这团橙黄色的火焰，唯有在人们理性相处时，才会噗噗跳动。没必要匆匆忙忙，不需要闪闪发光。无须做他人，只须做自己。我们都会升入天堂，而凡·戴克亦是同路人——换句话说，人生岁月静好，给予我如此丰盈回报，所谓的哀哀怨怨，是多么微不足道，朋友们惺惺相惜，同道之人尚能物以类聚，怎不令人击节叹赏，恰似点燃一支醇香好烟，沉坐窗前，在一堆松软靠垫中安顿下来。

倘若运气好的话，烟灰缸就在手边，若不是失手将烟灰弹出窗外，或是命运的轨迹稍有偏离，大概就不会看到一只无尾猫。这只尾巴短了一大截的猫咪蓦然出现，蹑手蹑脚地走过四方院。这个发现多少有点机缘巧合，却让我的情绪黯然低落下来——某种灵性掠过我的潜意识，投下一道阴影，就像有人突然放下一卷窗帘。或许是灵活的帘钩自己脱落了。我看着这只马恩岛猫停在草坪中央，仿佛它也在怀疑天地万物，确实如此，生活好像缺少点什么，世界似乎与往日不同。究竟缺少了什么？到底有何不同呢？我一面听人絮叨，一面暗自忖度。为了找出答案，我的思绪不得不游弋出去，飘回那段战前时光。就在离这间屋子不远的地方，另一场午餐会的场景浮现在我眼前，恍如昨日；风格却判若云泥。一切都不一样了。与此同时，客人们继续侃侃而谈，与会者中不乏年轻人，虽然性各有别，但席间相谈甚欢，既随性又风趣，令人如坐春风，如饮甘霖。此情此景，令我仿佛再次置身于另一场餐叙之中，脑中场景与眼前一幕慢慢重合起来，昔时今日，本是一脉相传，一切过往都有合法传承。一切都未曾改变；这个世界依然故我，唯一不同的是，如今我侧耳倾听的不全是座中絮话，而是屏气凝神去听午餐会的背景音，有如喃喃细语，或似潺潺轻诉。是啊，我要捕捉的正是这种声音，所谓的变化就在于此。在战前午餐会上，人们也像这样嗡嗡低语。尽管言辞几乎如出一辙，但个中况味却难与人言。想起旧日时光，总是伴随着蜂儿鸣唱般的嗡嗡声，难以描摹，宛如弦乐般撩人心绪，一些不经意的对白也能谱写成曲。但谁又能把这些嗡嗡低吟变成一行行文字呢？或许诗人会给我们带来灵感。我随手翻开身边的一本书，碰巧是丁尼生的诗作。丁尼生在诗中吟哦：

谁落下晶莹泪珠，

西番莲在门口哭。

我的爱鸽在归途，

命运女神已上路。

红玫瑰为她惊呼，

白玫瑰怨她迟复，

飞燕草凝听脚步，

百合等她来倾诉。

战前，男人们在午餐会上吟诵的就是这些诗行吗？
那么，女人们呢？

我的心欢歌如鸟，

在河岸树上筑巢；

我的心似苹果树，

沉沉果实挂满梢。

我的心如彩虹贝，

游弋在幸福之海；

这狂喜胜过一切，

我的爱人已到来。

女人们在战前午宴上浅吟低唱的就是这些？

谁在战前餐会上哼唱这种小诗呢，哪怕是压低了嗓门，一想到有人会这么荒唐，连我自己也忍俊不禁。如此失声大笑，总要为自己找个台阶，于是，我只得指向草坪中央那只马恩岛猫，这个可怜的家伙没有尾巴，看起来确实有点可笑。它果真天生如此，还是遭遇意外失去了尾巴？据说，这种无尾猫是稀世之珍，有些在马恩岛上幸存至今，但数量比人们想象的要少。这种动物的奇特迷人之处，不在于它的美丽乖巧，而在于它的古朴优雅。午宴之后，客人们纷纷道别，各自找寻着自己的外套和帽子——你知道，不过是说些分别时常说的客套话。而我却有新发现，一只猫咪有没有尾巴，二者竟有天壤之别，令我诧异不已。

幸得主人盛情款待，这场午宴一直持续到下午。白昼的余烬映照着十月的天空，美得令人沉醉。我穿过林荫大道时，秋叶簌簌，飘落如雨。恍惚之间，仿佛听见一扇又一扇的学院大门在我身后轻轻合拢，永不再启。数不清的仪仗官，转动着数不清的钥匙，反锁起上好油的门锁；又是一个大门牢牢锁住的夜晚，这座宝库依然固若金汤。走过这条林荫道，就会踏上一条公路——路名我忘了——如果你往右拐弯，就会一路走到费纳姆。晚餐要七点半才开始。还有一个悠长的午后。享受了一顿如此丰盛的午宴，似乎晚餐不吃也行。奇怪的是，有首诗一直萦绕我心间，挥之不去，虽然只记得一鳞半爪，但我迈动步伐的节奏，不知不觉地和上了诗歌的律动。这是几行小诗——

> 谁落下晶莹泪珠，
> 西番莲在门口哭。
> 我的爱鸽在归途——

当我疾步走向海丁利时，这些诗句在我血管里嘤嘤成韵。然后，我转了个曲调，跟着它合唱起来，河堰的流水也一起放歌：

我的心欢歌如鸟，

在河岸树上筑巢；

我的心似苹果树……

真正的诗人啊，我大声喊道，一如人们在薄暮中蓦
然惊觉，真正的诗歌之魂！

出于某种嫉妒心理，我开始揣测，谁能代言我们这
一代的诗歌呢，不过，这种衡短论长，确实愚蠢而荒谬。
但我忍不住猜度，说实话，不知有谁能当场报出两位还
健在的诗人名字，而且他们还与丁尼生和克里斯蒂娜·罗
塞蒂并列齐名。显然，这事难乎其难，我一面看着浪花飞
溅的水面，一面寻思道。前代诗歌之所以令人如此纵情忘
我，如此欣喜若狂，是因为它能吟诵出某种逝者如斯的
感觉（或许就是那缕萦绕战前午宴的幽思），让我们如
遇故人，脱口而出与之相和，而不必费心费力压抑自我，
也不必将其与此刻心境做番对比。然而，当代诗人所表达
的是当下这一刻的存在感，这感觉实际上是以我们自身为
材料，然后又从我们心灵中猝然脱落了。起初，人们都没
认出它；出于某种原因，大家往往还害怕它；我们上下打

量着它，不仅目光锐利，满腹狐疑，而且还心怀嫉妒地拿它与人所共知的旧感觉相比。因此，现代诗歌之路注定是长夜漫漫；由于遇到这些阻遏，人们难以记住某个现代诗人，也无法诵出连续两行以上的当代诗文。为此——我一时想不起来什么现代诗篇——由于论证材料明显不足，这场争论热情骤降。我继续朝海丁利方向走去，但是，为何我们在午餐会上不再浅唱低吟？为何阿尔弗雷德的歌声戛然而止：

我的爱鸽在归途。

为何克里斯蒂娜如今信断音绝：

这狂喜胜过一切，
我的爱人已到来？

这一切都归咎于战争吗？1914年8月，当枪声响起的那一刻，男男女女的表情以及他们彼此对望的眼神，都在明明白白地告诉对方，诗性浪漫已被扼杀了吗？毫无疑问，炮火照出我们统治者的真面目，令人猝不及防（尤其是那些对教育人类或诸如此类抱有幻想的女性倍感震惊）。如此丑陋不堪，这些人看起来——德国人、英国人、法国人——如此愚不可及。但是，随你把责任归咎于何方，那一度激发丁尼生和克里斯蒂娜·罗塞蒂诗兴的心灵幻觉，如今已是仙踪难觅，鲜有人为爱神降临而纵声高歌。生活在今天的诗人们，只需四处看看，听听写写，读读记记。但为何要用"归咎"一词呢？倘若浪漫诗意不过是幻觉迷离，为何不歌颂灾难呢？不论哪种灾难袭来，幻象都将化为齑粉，真相取而代之？为了寻求真相……这一串小圆点标志着，我在找寻途中错过了拐向费纳姆的路口。是啊，说到底，何为真相，何为幻象？我不禁抚躬自问。譬如，这一栋栋房子的真相是什么？此刻，一抹残阳下，窗户映着暖红余晖，屋内幽暗不明，却透着节日般的欢愉。然而，到了早上九点钟，这一座座房子又将笼罩在一片通红的晨曦光晕里，却显得原始而粗鄙，算不上大雅之堂，糖果和鞋带乱作一团，总给人邋里邋遢的感觉。暮霭沉沉，薄雾轻袅，柳林、花园以及漫上花园的小河都慢慢变得模糊起来，但在夕阳下依然灼灼如焚，红黄交映——这是世界的真相，还是万物的幻象？关于这段一波三折的思路，我就不告诉诸位细节了。在通往海丁利的路上，我要找的结论仍是邈不可得。但请你们姑且假定，我很快就发现自己拐错了弯，开始原路折返费纳姆。

正如前文所言，这是人间十月天，我不敢贸然偷换季节，转而描述春天，写起一丛丛挂在花园墙上的丁香、番红花、郁金香或其他春天里开的花，以免你们失去对我的尊重，进而毁掉小说的清誉。小说，绝不能偏离事实，事实越是不偏不斜，小说就越是出类拔萃——我们一直被这样耳提面命着。所以，当时仍然是秋水长天，树叶仍然是金黄尽染，若说有何不同之处，那就是秋叶凋零的速度比之前快了，此时已是暮色四合（准确地说，现在是七点二十三分），微风乍起（确切地讲，这是一阵西南风）。尽管如此，有种奇怪的感觉一直在心底蠕蠕而动：

　　　我的心欢歌如鸟，

　　　在河岸树上筑巢；

　　　我的心似苹果树，

　　　沉沉果实挂满梢——

在一定程度上，或许正是克里斯蒂娜·罗塞蒂的诗句，触发了我的迷狂与幻想——当然，这不过是一时突发奇想，丁香花影摇曳，沿着花园墙攀缘而上，硫黄色的蝴蝶在花间无声滑翔，花粉细若微尘，漫天飞舞。一阵风吹过，不知风起于何方，但它掀起了半舒半卷的丁香嫩叶，于是，一道银灰色的闪光在空中疾掠而过。就在这一道道光线明灭之际，暮色变得更深更浓，窗格上腾起一片姹紫与赤金的火苗，就像一颗狂乱的心怦怦直跳；不知何故，万物之美总是忽焉而现，又倏然而逝（这时，我推门走进花园，园门居然忘了关，这未免太轻率了，周围似乎也没有仪仗官的身影），这种尘世之美转瞬即逝，令人心碎，有如锋利双刃，一边是狂喜不已，一边是悲痛至极，刀锋直刺人心。暮春时节，黄昏向晚，我独自伫立在费纳姆花园前。这片空旷之地，依然野趣盎然，草儿疯长，三三两两的水仙和蓝钟花，漫不经心地从草丛中探出身来。即便在盛花期，或许也开得稀稀落落，到了这个时节，花根早被风儿吹得东倒西歪。一面面红砖墙，犹如滔天巨浪，拱窗弯曲如弓，恰似船上舷窗。此时，春天的云朵飞驰而过，窗户瞬间从柠檬黄变成了银灰色。暮光暗淡，人影绰绰，只能半猜半看。有人蜷卧吊床，有人形同幽灵飞掠草坪——没人可以拦住她吗？——过了一会儿，露台上出现了一个弯腰驼背的身影，像是不知从哪儿蹦出来似的，出来透透气或者瞥一眼大花园。她额头宽阔，衣着寒素，神色肃穆而凛然，却又不失谦和，可能是一位大名鼎鼎的学者吧，会是J——H——她本人吗？一切都那么模糊难辨，却又带来强烈刺痛感，仿佛黄昏蒙在花园上的薄纱围巾，突然被星光或利刃撕裂了——这颗春天的心，划出一道深深的伤口，残酷血腥的现实猛地从中喷溅出来，苦痛之路一如当初。因为青春流年——

　　这时，我的汤端上了桌。晚餐设在一间奢华宴会厅里。实际上，这是十月傍晚时分，绝无春日胜景。餐厅宽敞，全体人员均召集到场。晚餐已准备就绪。头一道菜就是汤。肉汤的味道平平无奇。汤汤水水里没有什么东西能激起人们无限遐想。倘若汤水清澈见底，汤盘自身的花纹就会一览无余。然而，盘面并无任何花纹图案，这只盘子素面朝天。接下来的一道菜是牛肉，搭配蔬菜和土豆——这是三位一体的家常菜，让人想到星期一早晨，一地泥泞的菜市场上，摆着大块臀肉牛排，还有叶边儿蔫巴巴又卷曲耷拉的球芽甘蓝，女人们提着网兜，四周是一片讨价还价和大减价的嘈杂声。既然食物供应充足，就没理由还要抱怨，一日三餐平平淡淡，这也是人之常情。毫无疑问，当矿工们坐下来吃晚饭时，桌上东西更会乏善可陈。随后，又上来一道梅子果脯蛋奶沙司。即便蛋奶沙司扳回一局，但梅子果脯着实寡淡无味（水果可不会长成这样子），实在不敢恭维，像守财奴的心一样又枯又柴，还渗出一摊守财奴才有的淤血，这种吝啬鬼八十年如一日，不仅自己不喝葡萄酒，不生火温暖，也从不施舍穷人。不过，倘若有人抱怨果脯嚼不烂，他应该反思一下，就连这样硬邦邦的梅子果脯，也是幸亏有人乐善好施。饼干和奶酪接踵而至，水壶在餐桌上传来传去，几乎绕了一大圈，因为那些饼干绝对地道，本质就是干巴巴的烤饼。晚餐仅此而已，此外无他。客人们纷纷起身离席把椅子往后挪；双开弹簧门一开一合，猛烈地来回摆动；不一会儿，大厅里的晚餐犹如风卷残云一般了无痕迹，毫无疑问，要开始预备第二天早餐了。一群英格兰年轻人唱着歌，穿过走廊，爬上楼梯，咚咚咚地跑来跑去。该不该由一位客人妄下结论呢，听一个人微言轻的陌生人说三道四（只因本人在费纳姆学院，一如我在三一学院、萨默维尔学院、格顿学院、纽纳姆学院或克赖斯特彻奇学院一样，对此无权置喙），说"这顿晚餐不尽如人意"，或者说（此刻，玛丽·西顿正和我一起坐在她的起居室里），"难道客人们就不可以在那里单独用餐吗？"倘若我会说出诸如此类的话，那我应该会伺机窥探或四处打听一下藏在这栋房屋里的经济秘密，因为在我这个陌生人眼里，这座建筑风格是如此精美绝伦，而且不惧岁月风雨，依然保持着一派欢乐氛围。不，这些话题要绝口不提。所以，席间谈话的确一度陷入冷场。人体本来天生如此，身心和大脑合为一体，而非各据一方，一百万年后也不会相隔相离，这点我们毋庸置疑。老友聚会畅谈，怎能缺少一顿丰盛晚餐。倘若一个人没有安抚好肠胃，就无法安下心来思考，也无法徜徉爱河或睡一个安稳觉。那盏藏于人类脊柱的幽暗灯火，也不会为牛肉或梅子果脯而大放光明。灵魂肉身都可能同升天堂，我们祈望凡·戴克会在下一个拐角处与我们会合——一天工作结束之余，在享用牛肉与梅子果脯的间隙，自然而然地萌发了这些念头，就连我自己也将信将疑。所幸我有个教授自然科学的朋友，食品橱里面总藏着一只矮矮胖胖的酒瓶，还有几只小巧玲珑的玻璃杯——（一开始，橱里应该还有比目鱼和鹧鸪吧）——就这样，我们聚在炉火旁，治愈一天之中所受的生命之伤。不消一两分钟，我们的心灵就悄然疾行，优游于思想之林，但凡罕见之人、有趣之物，都在脑海中逡巡不去，又因某某人这次无法相见，再次聚会时自然又会旧话重提——此人是如何完婚的，彼人还未成家；正所谓仁者见仁，智者见智；有人在知识熔炉中锻造了自己，有人向地狱深渊飞速堕落——我们畅聊着对人性的看法，探究人类所栖世界的本质，以及由此演化而来的万千之美。然而，正当大家各抒己见时，我猛然意识到自己身处一股宇宙洪流之中，这股湍流有着自我意志与前进方向，天道终有定，始终不由人，这个发现不免令人赧然一笑。这里，人们可能在谈论西班牙或葡萄牙，闲聊书籍或赛马，无论所谈内容多么海阔天空，真正引人入胜的东西却远在谈话之外，在五百多年前的那个场景，一群泥瓦匠站在耸入云际的屋顶上。国王和王公大臣们送来的金银财宝装满了一只只鼓鼓囊囊的大麻袋，哗哗地倒入地基底下。这一幕永远定格在我脑海之中，另一幅画面则与它并排而放。画中有一群瘦骨嶙峋的奶牛，一个泥泞难行的菜市场，一堆蔫头耷脑的绿叶蔬菜，还有老年人那枯萎吝啬的心——这两幅画的画风风马牛不相及，放在一起显得杂乱无章又荒谬反常，但它们总是在我脑际一同出现，相互追逐争斗，而我的思路也只能任其摆布。当然，上上之策就是把我脑海中的画面直接暴露在空气之中，不然有人可能会从头到尾曲解我的话，倘若我运气好，它就会像温莎城堡里死去国王的头颅一样，在打开棺木一瞬间就黯然失色，化为一堆尘土碎屑。随后，我把这个画面告诉了西顿小姐，用三言两语描述了屋顶上的泥瓦匠，这么多年来，他们从不曾从教堂穹顶上消失过，国王、王后和豪门显贵们成群结队携重金而来，扛着一袋袋金币银币用以夯实地基；那么，在我们这个时代，金融巨头们会把现金——沓沓支票和债券——放在何处呢，我猜，一定会和那堆金锭、金疙瘩放在一起。所有赞助金都静静地躺在学院地基下面；但是，不知我们身处的这座学院，在它气势恢宏的红砖墙底下，在它野草乱舞的花园下面，到底埋藏着什么呢？此外，在我们晚餐用过的素净无华的瓷盘底下，在一道道（还没来得及细想，这些词儿就从我嘴里蹦了出来）牛肉、蛋奶沙司和梅子果脯下面，又是什么力量在支撑它们呢？

　　这个嘛，玛丽·西顿说道，大概是在一八六〇年前后——哦，不过你也知道个中曲折吧，她面带倦色接着说道，我想，她是厌倦了这种老调重弹。她告诉我——这一连串的奔波：租赁房屋，召集委员们，信封上写好邮寄地址，起草通告，连轴开会，宣读来信，某某人承诺了多少捐赠；恰恰相反，某先生一毛不拔。《星期六评论》发表的文章非常粗鲁无礼；我们怎么才能筹集一笔资金支付办公费用呢？我们可以举办义卖会吗？难道我们就找不到一个可爱女孩坐在前排吗？让我们查一查约翰·斯图尔特·米尔关于这个问题的看法。有人能说服《××》报刊编辑刊登一封信吗？我们能请××女士签字同意吗？××女士此刻不在城里。或许六十年前，成事艰难大抵如此，投入大量时间，途中历经磨难，她们才筹到三万英镑①。

一想到这些女性年复一年地埋头工作，却很难攒到两千英镑，最后拼死拼活才凑齐三万英镑，我们女性一直活在贫困交加的悲惨世界里，我们本该对此加以谴责，但大家却一笑了之。我们的母亲既然没有遗产留给我们，那么她们一生都在忙于什么呢？往鼻子上扑香粉吗？逛逛街看看橱窗吗？在蒙特卡洛艳阳下炫耀幸福吗？壁炉台上摆着几张老照片。玛丽的母亲——倘若那是她本人留影的话——在生儿育女的闲暇时间里，可能真是个优哉游哉之人（她嫁给一位牧师，生育了十三个孩子），不过，若她真的过着快乐无涯、放浪形骸的生活，这种生活在她

---

① "我们被告知为此至少应该募齐三万英镑……鉴于此类女子学院在大不列颠、爱尔兰和英国殖民地仅此一家，而且相较于人们总是那么轻而易举地为男校筹到巨资，这算不上一笔重金。但考虑到真正希望女性接受教育的支持者其实少之又少，这确实是一笔数额不菲的善款。"——斯蒂芬女士，《艾米丽·戴维斯和格顿学院》。显然，我们这里供应不了葡萄酒，吃不上鹧鸪，也雇不起一群头顶锡制餐盘的仆人。她说道，这里没有沙发，也没有单间，"关于生活设施"，她引用了某本书或其他消息来源，"我们只能等待。"（当时，勉强凑来的每一分钱都被留作建楼盖屋，而这些便利设施不得不留待来日。）——雷·斯特雷奇，《事业：英国妇女运动史》。

脸上却几乎无迹可寻。相片上的她相貌平平；不过是一个和蔼可亲、披着格子条纹披肩的老太太，系着一只多彩宝石雕成的大围巾扣；她坐在柳圈椅上小憩，逗引着一只西班牙猎犬看镜头，然而，在她一副乐乐陶陶的神情里，却掺杂着某种紧张不安，因为她知道，一旦按下球状气动快门，小狗准会撒腿就逃。嗳，如果可以的话，她本可以去经商的，成为一名人造丝绸制造商或证券交易所巨擘；如果她把二三十万英镑赠予费纳姆学院，那么，我们今晚就可以神闲气定地坐在这里，而我们的谈话主题将会是考古学、植物学、人类学、物理学、原子特性、数学、天文学、相对论和地理学。要是西顿夫人、她的母亲以及外祖母，深谙一门伟大的艺术——赚钱之道，并像他们的父亲和祖父一样，善用遗产设立各种研究员职位、大学教职、奖项和奖学金，专供自己性别之用，那该多好啊！我们本可以安坐这里享受珍禽美味，哪怕独自用餐，也有一瓶上等葡萄酒相伴。我们本可以满怀期待，自由地选择一种职业，有一处安身立命的庇护所，愉快地度过熠熠闪光的一生，却毫无自我膨胀之虞。我们本可以踏上探索之旅或埋头写作；在大地上漫游，在悠悠古迹中信步而行；坐在帕特农神庙的台阶上沉思默祷，或者十点钟去办公室，四点半就惬意地回家，信笔写几首诗歌。唯有西顿夫人及其同类之人，十五岁就去闯荡商海，方能遂了此愿，但那样或许世上就没玛丽这人了——这场争论的暗礁就在此处。于是，我问玛丽她本人做何感想？十月秋凉如水，微风不起，夜色在窗帘间静静流淌。树木日渐枯黄，一两颗星星扼守枯枝。她甘愿放弃属于自己的那份遗产吗？自此抹去所有关于苏格兰的回忆吗？忘记自己曾经在那里玩游戏、拌嘴打闹吗（尽管家族庞大，但那是幸福的避风港）？她对苏格兰的清新空气一直念念不忘，对当地特产的香浓蛋糕总是赞不绝口，假使她当年大笔一挥，费纳姆学院就可以获赠一笔五万英镑左右的资产？要想捐款办成一所学院，必先削弱家庭纽带。因为又要赚一笔大钱，又要生十三个孩子——鱼和熊掌不可兼得。因此，我们说，还是考虑一下实情吧。首先，是怀胎十月的待产期。然后，孩子呱呱坠地。接着，有三到四个月的哺乳期。哺乳期结束后，还得花五年时间陪孩子玩。据说，还不能让孩子满大街乱跑。有人看到俄罗斯大街上撒野乱跑的孩子，就说人家不够斯文。人们常说，人性是在一至五岁之间形成的。

我说道，倘若西顿夫人当年赚钱停不下来，那你今天还会拥有儿时游戏以及为之斗嘴的记忆画面吗？你还会尝过本地蛋糕的滋味吗？你会知道苏格兰的空气多么沁人心脾吗？对于这片土地以及其他一切相关事物，你又能了解多少呢？但这种种追问都不会有答案，因为或许你根本就不会降生于世。此外，倘若西顿夫人和她母亲以及外祖母当年堆金积玉，并将其安放于大学与图书馆地基下，结局又会怎样呢？这个问题，我也无法回答。首先，她们不可能外出赚钱；其次，如果她们赚到了钱，法律也会剥夺其拥有权。直到四十八年前，西顿夫人才开始拥有属于自己的财产权。在那之前，长达数世纪，妻子的财产归入其丈夫名下——或许出于这层顾虑，西顿夫人和她母亲不敢涉足证券交易所。她们或许会说，反正我辛辛苦苦挣的每一分钱都会被人夺走，而且怎么花这笔钱，只取决于我丈夫的济世之道，是设立学院助学金，还是在贝利奥尔学院或国王学院设立研究生奖学金，其实都与我无关。即便我能赚得钵满盆满，我也提不起什么兴趣。赚钱理财之事，我最好别碰，不如交给我丈夫去打理。

无论如何，那位逗弄西班牙猎犬的老太太，不管她本人是否需要为此担责，有一点是不容怀疑的，我们的母亲——不知出于什么原因——有管理失当之嫌。在所谓的"生活福利设施"上，一分钱也不少花；鹧鸪与葡萄酒，仪仗官与草坪，书籍与雪茄，还有图书馆与消闲活动。而他们的成就巅峰，就是在这片原本荒凉无人的土地上，筑起一堵堵光秃秃的石墙。

因此，我们今晚得以临窗而立谈古论今，鸟瞰这座名城的塔楼与穹顶，眼前景象一如千千万万之人夜夜远眺所见。这座沐浴在深秋月光里的城市，既令人迷醉不已，又显得高深诡秘。年代久远的石头已被岁月漂白，给人一种沧桑庄严之感，令我想起那些汇聚馆中的奇书善本；想起那些镶有护墙板的房间，挂着一幅幅德高望重的大主教和社会贤达的画像；想起在人行道上，彩绘玻璃窗投下奇形怪状的影子，宛如一只只坠落在地的圆球与月牙；想起那些石匾、纪念碑以及碑上铭文；想起那些喷泉和草地；想起那一个个安安静静的房间，对望着鸦雀无声的四方院。我还想起了其他一连串事物（请原谅我此刻萌生了这个念头）：甘醇佳酿，馥郁烟草，几把深深凹陷的扶手椅，还有一块柔软舒适的地毯：优雅亲切的气质，自重自爱的品性，皆是奢华私密与自由空间的自然产物。当然，我们的母亲所能提供的东西，永远无法与之媲美——我们的母亲觉得凑齐三万英镑实属不易，我们的母亲给圣安德鲁斯大教堂的牧师生了十三个孩子。

此时，我转身向入住的旅馆走去。当我穿过黑洞洞的街道时，我的思绪任意飘忽，就像一天工作结束时那样，人的思想常会四处盘旋。我沉吟良久，为何西顿夫人没有财产遗赠我们；一贫如洗对心灵有何影响；拥有财产对人有何熏渍陶染；我想起了那天早晨，看到一群古里古怪的老绅士，肩上披着裘皮斗篷；我还记得，假如当时有人吹响哨子，这群人里就会有人疾步如飞赶过去；我想起了小教堂里低沉浑厚的管风琴声，还有图书馆里一扇扇紧闭的门；想到我们被关在门外，何等令人心悸；又想到若是一直被锁在高墙深院，恐怕更难在夹缝中求生；想到有人仅凭某种性别，就可以安享荣华，另一种性别的人惊惶不安，一生清贫度日；想到沿袭旧制对作家思想的影响，还想到无所承袭所带来的后果，我终于领悟到其实早已白日将尽，是该卷起白天那张皱巴巴的旧皮子了，卷起白天所有的假象与谬论，卷起白天的愤怒与狂笑，把它们通通扔进树篱丛。夜空犹如湛蓝废墟，漫天繁星闪烁。人类孤单前行，似乎只有神秘莫测的宇宙陪着我们。此时，所有人都沉睡不醒——俯伏而卧，平摊四肢，周遭一片沉寂。牛桥大街上，似乎没有一丝骚动不安，甚至连旅馆大门也像是被一只看不见的手突然弹开似的——夜色如此深沉，这里没有擦靴侍者，无人为我持一盏守夜灯，照我回房间休息。

二

　　倘若可行，请你们随我来，谈话场景已经变换了。虽然秋叶还在萧萧而下，但现在人在伦敦，而非牛桥；我必须请诸位想象一下，这儿有个房间，就像成千上万的普通房间一样，透过一扇敞开的窗户，就可以望见对面的房子，还能瞥见大街上行人的帽子、货车和小轿车，房间桌子上摆着一页白纸，上面用大写字母赫然写着一行标题——"女性与小说"，但底下仍是一片空白。令人遗憾的是，似乎我们在牛桥共赴午宴、用过晚餐之后，还不得不专门跑一趟大英博物馆。为了淬炼真理精油，获取其纯净不染的精华液，必须滤除个人印象和偶然因素。因为有感于牛桥之行，也因为那场午餐会及晚宴，一连串的疑问涌上我心头。为何男人饮酒而女人喝水？为何某一性别生来富贵逼人，另一性别之人却身无分文？身在陋巷对于写小说有何影响？艺术创作的必要条件是什么？——无数个小问号纷沓而至。但人们要的是答案，而非问题本身；只有咨询饱学之士、求教毫无偏见之人，才能找到答案，因为这些人不逞一时口舌之快，不被自身凡胎俗骨所扰，而且他们的推断和研究成果已被收录于大英博物馆藏书。假如在大英博物馆的书架上也寻不到真相踪迹，我不禁拿起笔记本和铅笔问自己，那么，真相又能藏在何处呢？

做了这番假定之后，我怀着满满的自信和好奇心，踏上了寻觅真理之路。这一天虽然没有下雨，但天空一直阴沉沉的。博物馆附近的那片街区遍布着地下煤库的洞穴入口，一只只麻袋正往煤洞里倒煤块；四轮马车在人行道上停下来，卸下一堆系着绳结的箱子，里面大概装着某个瑞士或意大利家庭的旅行衣物，他们来这里猎取财富或寻求庇护，抑或装着其他一些让人称心如意的小物件。到了冬天，这些好东西在布鲁姆斯伯里寄宿公寓里不难发现。声音沙哑的小贩们推着手推车，一如往常游走在大街小巷，沿路兜售着瓜果蔬菜。有些人扯着嗓门吆喝；其他人则唱着小曲儿。伦敦宛如一间厂房。伦敦俨然是一台机器。在这台机器上，我们每个人都飞动如梭，在素白的底布上来来回回、不停地编织着某种图案。而大英博物馆，就是这座工厂的一个部门。弹簧门打开了；站在巨大的穹顶下，凡人仿佛沦为一粒思想的微尘，落在某个光秃秃的饱满无比的天庭上，这个脑门四周还花团锦簇地写满了大师们的名字。我去服务台取了一张字条，翻开一卷藏书目录·····这五个小黑点符号，既代表令我震惊不已、叹为观止的五分钟，又提示自己这是人生中的迷茫时刻。你们知道人们一年写了多少本关于女性的书籍吗？其中又有多少本是男人写的吗？你知道你可能是宇宙中被讨论最多的动物吗？带着笔记本和铅笔，我来到这里，打算花一上午的时间来解谜，预计晌午时分，我就能把真相转录到笔记本上。但转念一想，若要找到全部答案，我就需要化身为一群大象，变成四处攀爬的蜘蛛。我在望洋兴叹之际想到这群动物，那是因为它们要么被誉为寿命最长，要么被认为眼睛最多。实际上，我还需要一副铁爪铜喙，才能刺穿事物表象的外壳。不过，像我这样埋首于故纸堆中，就能淘出其中深埋的真理金砂吗？我不禁陷入绝望，开始扪心自问，上下扫视着一列列长长的书单标题。就连有些书名也惹人遐思。有关性及其本质的话题，很可能对医生和生物学家具有某种吸引力；但令人惊讶的是，性——更确切地说，是女性——同时也吸引了一拨拨文人雅士，其中不乏令人一见如故的散文家、笔法灵动的小说家和荣获文学硕士学位的男青年；此外，还有未获任何学位的男作家以及除了身份不是女性之外、没有任何过硬资格证的作家们，这个现象令人如堕烟雾。初看起来，有些作品文风轻浮又滑稽可笑；同时，也有许多著作主题严肃且不乏先知远见，善于道德劝诫。单单浏览一下书名，就会令人联想到数不清的校长登上讲台，数不清的牧师走上布道坛，喋喋不休地讲道理，尽管演讲时限已过，仍在台上晓晓不休。这是最不可思议的文坛怪状。显而易见，我在这里翻阅的资料以字母 M 开头——一个专属于男性的首字母。女人不写关于男人的书——这一事实不禁让我如释重负，因为，若要我先读完男人所写的女性之书，再读完女人所写的男性之书，那么，据说百年难得一见的芦荟开花，估计也会在我落笔之前花开二度。因此，要想在十几卷中择一二本，只能全凭个人武断。于是，我把写好书单的字条递进金属托盘中，然后就和其他试图萃取真理精油的同道中人一样，坐在自己的隔间里等候消息。

这种两性写作差异究竟因何所致，真是令人费解。我一边琢磨着，一边在小纸片上随手画起了马车轮子，这些纸张是由英国纳税人提供的，原本另作他用。从图书目录来看，为何男性对女性的痴迷程度，要远远高于女性对男性的关注度？虽然有悖常理，却也是不争的事实，我在脑海中开始随意勾勒出一幅幅爱写女性的男作家们的人生图景。不论已婚未婚，不论是垂垂老矣还是惨绿少年，不论是红鼻头还是驼背人——只要给予我们女性关注的人不完全是一帮老弱病残，就会让我隐隐有种受宠若惊的感觉，觉得自己俨然成了众人的目光焦点——正当我浮想联翩时，突然，面前桌子上的一摞书如同雪崩般地滑落一地，惊飞了那些一直盘旋心间的肤浅想法。真正的麻烦才刚刚开始。一位牛桥科班出身的学生，无疑会像牧羊人一样有方法引导自己的问题，避开所有的歧途弯路，直到问题找到答案，仿佛绵羊自个儿跑进羊圈。譬如，我身边那位手不释卷地抄写科学手册的学生，我敢担保，每隔十分钟左右，他就能挖到一块黄金原矿。这再明白不过了，因为他时不时轻轻地发出心满意足的咕哝声。但不幸的是，倘若一个人没上过大学或受过学术训练，那么，某个问题就绝不会如同羔羊一样轻易被牧人引入羊圈，而是如同受惊而逃、上蹿下跳的羊群，正被一整群猎犬疯狂追赶。这一群男作家——教授、校长、社会学家、牧师、小说家、散文家、记者，除了不是生而为女之外，其实他们并没有任何其他资历或技能来做解答，犹如一群猎犬追逐着我提出的问题。我呢，只有一个简简单单的问题——为何有些女人贫困交加？——而他们却一路穷追猛打，直到把这个问题变成了五十个问题；直到在一阵狂乱之中，这一连串问题就如羊群般慌不择路地跳进了河心，然后被湍流带走了。笔记本上每一页都写满了我的笔记。为了描述一下当时的心境，我给你们念一段，这一页标题相当简单明了，用大写字母写着短短一行："女性与贫困"；但接下来却发展到如此地步：

中世纪的状况，

斐济群岛的习俗，

被尊为女神，

道德观念更淡薄，

理想主义色彩，

更有自觉性，

南海岛民，青春期年龄段，

性吸引力，

作为牺牲品，

大脑体积小，

更深邃的潜意识，

身体毛发更少，

心理、道德和身体上的自卑，

因爱而生的孩子，

寿命更长，

肌肉较弱，

感情强烈，

虚荣自负，

高等教育，

莎士比亚的观点，

伯肯赫德勋爵的意见，

英格教长的见解，

拉布吕耶尔的主张，

约翰逊博士认为，

奥斯卡·布朗宁先生对……的看法……

读到这里，我深深地吸了一口气，接着补充道，因为页边空白处还写着一行，为何塞缪尔·巴特勒说："智者从不评判女人？"据我所知，明智之士显然也从不谈论其他话题。此时，我仰靠在椅背上，继续推敲着其中玄奥，凝望着上方的空廓穹顶，原本犹如一介思想微尘的我，此际却感到有些茫然若失。可惜聪明男士对女人向来都是见仁见智，这才是真正令人尴尬的地方。蒲柏曾经写道：

大多数女人完全没有人格力量。

拉布吕耶尔曾对女性作过如下观察：

女人容易走极端。她们到底比男人更优秀还是更低劣呢——

　　这几位目光犀利的评论者生活在同一时代，却得出了截然相反的结论。女性是否具有接受教育的天资？拿破仑认为她们无法教化。对此，约翰逊博士却不敢苟同。[1]女人是否有灵魂？有些野蛮人说，女性连灵魂的影子也没有。相反，其他人则认为女人一半是天使，因此对其敬若神明[2]。有些圣人认为，女性的思维方式比较直白简单；其他人则认为她们的意识更加幽邃深远。歌德向女人致敬；墨索里尼将她们视如草芥。如此看来，无论哪个时代，男人不仅都在琢磨女人，而且各执一词。我断定这是文人之间的一笔糊涂账，查不出所以然来，不由得欣羡地

---

[1] "'男人们都知道，女人天生就是劲敌，可以轻易击败自己，因此他们所选择的女性伴侣要么最软弱无力，要么最懵懂无知。倘若男性不这么固执己见，他们将永远不必这么担心女人和自己一样有见地。'……为了公正地看待两性问题，我认为应该大大方方地承认这一点，倒也不失为一种坦率。在随后的谈话中他告诉我，他说这番话绝不是开玩笑。"——博斯韦尔，《赫布里底群岛游记》。

[2] 在古代德国，人们相信女人身上有种圣洁不可亵渎的东西，因此将她们视为神谕。——弗雷泽，《金枝》。

瞥了一眼隔壁读者，那人所做的摘要形式极其干净利落，标题大多按字母 A、B 或 C 进行归类，而我总是信手涂鸦，前言不搭后语，笔记本上充斥着最狂野不羁、漫无边际的个人随想。这个发现令我心痛欲裂，研究不出成果也令我心乱如麻，颜面尽失。真相的精华已经从我指缝之间哗哗地流走，一滴也不剩。

我不可能就这样行囊空空地回家，所谓对女性与小说研究所作的重大贡献，我继续反思道，也不可能仅仅是发现女性体毛数量比男性少，或是南海岛民九岁进入青春期之类的——抑或是九十岁？——因为做笔记时走了神儿，现在连自己的字迹也变得难以辨认。一上午的工作就这样结束了，但并未挖掘到任何更有分量或蔚然可观的东西来向诸位展示，真是有辱使命。关于 W（为了简洁起见，我称女性为 W），倘若我无法洞悉她的历史真相，何苦为其未来而大伤脑筋呢？不论这群作家数目多么庞大，学识多么渊博，不论他们的研究领域多么广泛——政治、儿童、工资、道德等，即便我翻遍所有这些绅士们所撰写的关于女性问题及女性影响力的研究文献，这趟博物馆之行，恐怕仍然会无功而返。不妨让他们的书原封不动地躺在那儿吧。

不过，当我思前想后感到意绪阑珊、绝望无助之际，无意之间竟然画成了一幅漫画，画在本该像我邻座学生写研究结论的地方。我一直在摹画一张脸，勾勒一个人物轮廓。这是冯·×.教授的脸型和身形，他正忙于创作一部不朽名作，题为《女性的精神、道德和身体劣势》。在我看来，他不属于那种能让女人朝思暮想的男人。此人身材壮实，长着一副臃肿肥大的双下巴；为了弥补这个劣势，他的眼睛生得十分狭小，目光如豆；脸色通红如火。他的面部表情似乎在告诉我们，有某种情绪在心里作祟，而他仍然笔耕不辍。但这种情绪是如此强烈，以至于让他把笔猛地戳在纸上，像是落笔时杀死了某种害虫似的，但即使害虫已死，也不能让他住手；他必须以笔为刀剑继续杀伐下去。即便如此，何事令他怫然作色、怒气冲冲，仍然不得而知。难道是因为他太太？我打量着自己画的人像问道，莫非她爱上了一位骑兵军官？这位军官是不是身材修长，举止优雅大方，还穿着阿斯特拉罕羔羊皮大衣？依据弗洛伊德的分析理论，这位教授是不是在摇篮期被某个漂亮女孩嘲笑过？因为，据我推测，即便当他还躺在摇篮里的时候，也不会是个人见人爱的孩子。无论出于何种原因，在我的素描画中，这位教授在撰写关于女性心理、道德和身体缺陷的传世之作时，看起来怒火冲天，面目可憎。闲来画几笔素描，算是给劳而无功的一上午工作画上一个句号。然而，恰恰在我们懒散无为之时，处于恍惚如梦之际，那些被淹没的真相才会偶尔浮出水面。我翻阅笔记时，有个非常初级的心理训练——无须美其名曰精神分析学——一直在提示我，这幅怒火中烧的教授素描是某人在一团怒火中画成的。当我陷入无限遐想时，愤怒之魔趁机夺走了我的笔。但这一团怒火它都干了些什么呀？所有这些情绪波澜起伏——时而兴致勃勃，时而大惑不解，忽而消遣作乐，忽而了无生趣，我都能寻踪而至，罗列其名，因为整个上午它们都在我的画中竞相追逐，层见叠出。那条通体乌黑的愤怒之蛇，是否也一直蛰伏画中？根据我的素描显示，答案是肯定的，它的确藏匿于此。毫无疑问，它让我想起了那本唤醒恶魔的巨著及其书中短语；这位教授做了一番陈述，认为女性在精神、道德和身体等方面低人一等。我的心狂跳了起来。我的面颊在灼灼燃烧。我气得脸红如火炭。不管陷入狂怒显得多么可笑，但这种反应不足为奇。没人喜欢被当作劣等人，天生不如某个小矮个儿——我看了一眼邻座的男学生，他的呼吸声缓慢又沉重，系着一根预先打结的领带，两个星期没刮胡子了。本人愚蠢的虚荣心时常作祟。人之本性，不外乎如此。我一边沉思着，一边开始在愤怒的教授脸上画起一只只车轮和圆圈，直到他看起来像一丛熊熊燃烧的灌木或一颗形同火球的彗星，一道没有人类形骸或意义的幽灵幻影。此刻，这位教授变成了一个看不见的人，画面中只剩下一捆柴火，在汉普斯特德荒野的山顶上兀自燃烧着。我自己的怒火很快就熄灭了，也找到愤怒的原因；但好奇心却没有被磨灭。至于教授们的愤怒，不知应作何解？为何他们总是怒气冲冲？一旦我们去分析这些著作的材料成分，它们给人的印象均含有某种炽热元素。这种元素强烈如火，形式繁芜复杂，常常表现为辛辣讽刺、多愁善感、爱管闲事和苛求完美。然而，还有一种常见元素，一时无法确定其特性，姑且称之为"愤怒"吧。这是一种隐形之物，混杂在其他情绪之中。从其奇特影响来看，这一元素深奥难懂，善于潜匿伪装，它不同于那种简单而纯粹、大庭广众之下的愤怒。

我仔细端量着桌子上的一摞书，心下暗想，不管什么原因，就此行目的而言，它们毫无参考价值。换句话说，就科学研究态度而言，所有这些书都一文不值，尽管从人道主义的角度看，这些书里充斥着生活指南、异域趣闻、无聊琐事以及关于斐济岛的怪诞民俗典故。这些作品创作凭借的是某种激情的灼热红光，而非永恒真理的明澈白光。因此，我必须把它们归还到中央服务台，让它们随后回归巨大的蜂窝，回归各自的巢室。从那天早上的工作中，我淬炼出一个真相，那就是有人满腔怒火。这些教授们——我正把他们的著作归拢到一起——总是怒火中烧。但是为什么？还书之后，我问自己，为什么呢？四处旋舞的鸽子和史前独木舟包围着我，我站在柱廊下反复问自己，为何他们会生气？带着这个问题，我出去溜达了一圈，想找个地方吃午饭。这群人愤怒——暂且称之为"愤怒"——的实质是什么？我问道。这道解不开的谜题，就这么一路盘旋着，跟着我来到大英博物馆附近的一家小餐馆就餐。有些用过餐的食客，把午餐版晚报落在椅子上了。在等候上菜的间隙，我开始浏览头条新闻来打发时间。头版印有一幅由巨大字母组成的丝带图案。有人在南非大获成功。窄点儿的丝带里有消息说奥斯汀·张伯伦爵士目前在日内瓦。有人在地窖里发现了一把粘有人类毛发的屠夫切肉刀。大法官某某先生——在离婚法庭上就妇女道德沦丧问题发表了评论。报纸上还刊登着其他杂七杂八的新闻。在加利福尼亚州，一位电影女演员被凌空吊挂在半山腰。近期易出现大雾天气。我想，即便是这个星球上最昙花一现的过客，倘若他有空读一读报纸，单单从这些散见于报端的零星证据中就不难发现，英格兰正处于父权制统治之下。教授处于社会支配地位，人人都能在思想意识中觉察到这一点。他是权力、金钱和影响力。他是报社老板，他也是主编和副主编。他是外交大臣和法官。他是板球运动员，他有赛马和游艇。他是支付股东百分之两百红利的公司董事。他把数百万遗产赠予由他自己管理的慈善机构和大学。他把那位电影女演员悬吊在半空中。他将判定那把剁肉刀上的头发是否属于人类，将由他来宣判凶手无罪或有罪，是处以绞刑，还是当庭释放。除了漫天大雾，男性似乎控制了一切。然而，他仍然愤怒不已。从这些书中我看出，他已经怒不可遏。当我解读男作家的女性观念时，我想到的不是他的言论，而是他本人。如果辩手内心毫无波澜，那他辩论时定会专注于论点；读者也会不由自主地聚焦于论点。如果男作家平心静气地撰写关于女性的文章，拿出无可辩驳的证据来证明自己的观点，并且没有一丝想要以一己之偏见左右读者的迹象，这样的话，读者也就不会被他激怒了。我们会坦然接受事实，就像接受豌豆是翠绿色或淡黄色这类事实时一样毫无怨气。我本该说，顺其自然吧。但我一直火冒三丈，那是因为这些男作家总是怒火冲天。然而，我一边翻着晚报，一边揣想着，一个叱咤风云、呼风唤雨的男人竟然会如此恼羞成怒，这似乎很荒谬。或者说，不知是何缘故，愤怒是权力的知交，是终日随从它左右的精灵？我有些困惑。譬如，富人大多易怒，因为他们怀疑穷人企图夺其财富。至于那些教授或男性长者们——称之为男性长者更准确些，触怒他们的部分原因或许正是这种疑虑，但更深层次的原因却并未浮出水面。或许，他们毫无"怒气"；事实上，就私交而言，他们往往对女性青眼有加，待人忠诚耿耿，堪称世间典

范。当这位教授过于强调女性劣势时，或许他所关心的
并非她们所谓的天生缺陷，而是担忧他自己的优越感是
否与生俱来。他一向偏重于保护这种优越感，甚至不惜
大发脾气。因为这对他来说是一颗举世无双的珠宝。对
世间的男男女女而言——我看到人行道上乌泱泱的人群
挤来挤去——生活并不是通天坦途，而是漫长的斗争之
路，充满惊风怒涛，需要巨大勇力。有一点或许至关重
要，不论我们天生多么爱幻想，我们都不能丧失自信。
若无自信，我们永远只是摇篮里的婴儿。自信心弥足珍
贵，如何才能鼓足信心，获取这稀世之珍呢？通往自信
最短的捷径，就是认为别人不如自己，感觉自己天生高
人一等——这种优越感可能来自富甲一方的财产、居高
临下的地位、笔直秀挺的鼻梁，或者由罗姆尼先生亲手
绘制的祖父肖像——人类在这方面发挥想象的技巧简直
是永无止境，真是可悲可叹——自认为胜过其他人。因
此，对于一个必须征服世界、统治一切的男性长者来说，
感受到众人——实际上是人口数量的一半——天生就低
他一等，这种自我感觉的重要性无与伦比。想必是他权
力的主要来源之一。我寻思着，让我把这一束观察人世

的目光转向现实生活吧。这种优越感，可以用来解释那一团心理之谜吗，那些写在我们人生边缘上的种种心灵困惑？这能解释我前几天遇到的一桩咄咄怪事吗？Ｚ先生，算得上人中翘楚，十分谦恭有礼，温文尔雅，当他拿起丽贝卡·韦斯特写的一本书，读到了其中一段话，便大喊道："这个彻头彻尾的女权主义者！她说男人都是势利小人！"他的感叹令我惊讶万分——为何仅仅因为韦斯特小姐陈述了自己对另一性别的某个观点，即使这个观点带有贬抑之词，但可能也有真实成分，她就成了一个离经叛道的女权主义者，——这不仅是他受伤的虚荣心在失声惊叫，也是他为个人信奉的权力受到侵犯而进行抗议。多少个世纪以来，女性一直被当作一面魔镜，拥有某种令人意乱神迷的奇异魔力，可以折射出两倍于实际尺寸的男性形象。若不是存在这种不可思议的力量，地球可能仍然是一片蛮荒沼泽与丛林。所有战争的荣耀都将隐入尘烟。我们可能仍然在饭后剩下的羊骨头上刻画小鹿的轮廓，仍在用燧石交换羊皮，或者换取其他简朴粗陋的装饰品，只要符合我们原始而淳朴的审美品位就行。"超人"和《命运之指》将永远不会诞生。

沙皇和德国皇帝也就永远戴不上皇冠，当然也就不会丢了皇位。无论这面镜子在文明社会中有何妙用，它对所有暴徒行径和英雄之举都是不可或缺的。这就是为何拿破仑和墨索里尼都大肆宣扬女人生来卑贱，如若女性并非天生低劣，那他们就无法再这么自我膨胀下去。为何对于男性而言女性是必需品，个中原委就在于此。这也解释了为何面对韦斯特小姐批评时，他们是那么焦躁不安；而假若她也对他们直言相告，说这本书内容拙劣或那幅画苍白无力，不管她作何评论，都必定无疑会深深刺痛他们的神经，让他们陷入一阵狂怒。而男性若是提出同样批评，就绝不会掀起如此漫天狂沙。假如女性开始实话实说，镜中人影就会逐渐缩小；他赖以存在的心理基础也随之崩塌。除非每天他早晚用餐时，都能一如往常在魔镜中看到自己，确认自己身形比实际高大两倍以上，否则他怎么继续评判他人、教化土著、制定律法、著书立说、盛装赴宴并在宴会上高谈阔论呢？于是，我一边思索着，一边掰开面包，搅拌咖啡，时不时地看一眼街上行人。镜子幻象是重中之重，因为它令人活力充沛，刺激人体神经系统。一旦祛除了魔镜之魅，男性就会随即崩溃，就像瘾君子没了可卡因一样。正是这种幻觉施下了魔咒，我沉思着，望向窗外，所以人行道上有一半的人大步流星地赶去上班。一缕温柔的阳光唤醒了世界，这时男人们戴好帽子，穿上外套，开始崭新的一天。他们信心十足，精神抖擞，相信自己一定会在史密斯小姐的茶会上如鱼得水；当他们走进房间时，他们会对自己说，我是佼佼者，这里半数之人都不及我，因此他们说话时意气扬扬，神定气若，这种生为男人的自信姿态对公共生活的影响如此深远，正是它驱使着我踯躅在隐秘思想的边缘，写下如此匪夷所思的按语。

对于异性的心理研究，一向是个危险而迷人的课题，但是本人的研究——当诸位一年有五百镑的时候，我希望你们也来做一番研究——暂告一段落，该去结账了。一共五先令九便士。我给了服务员一张十先令的纸币，他去找零钱了。还有一张十先令的钞票躺在我钱包里；我多留意了一眼，因为这一事实至今仍然让我惊叹不已，我的钱包居然有本事自己长出一张张十先令的钞票来。一打开钱包，它们就在那里等着我。我用这些纸币进行社会交换，换来鸡肉、咖啡、床铺和住处。这笔钱是一位远房姑姑留给我的，只因我和她同姓同宗。

我得说明一下，我的姑姑玛丽·贝顿在孟买骑马外出时不幸身亡。她本打算出门去呼吸一下新鲜空气，却从马背上摔了下来。一天晚上，我收到了遗产继承的消息，大约与此同时，女性投票法案也获通过。一封律师信投进了我家邮箱，当我打开信读完后，发现姑姑给我留下了每年五百英镑的遗产。我一下子拥有了两样东西——选票和金钱——至于两者孰轻孰重，自己拥有金钱的重要性，绝非获得选举权可以同日而语。此前，我靠给报社打零工讨生活，东奔西走地替人报道低俗表演或结婚庆典；后来，我又赚了几英镑，靠着给信封写地址，给老太太念书读报，手工制作仿真花，教幼儿园小孩子认字母表。一九一八年以前，妇女可以就任的职业不外乎就是这些。恐怕无须细述这种度日如年的生活，你们中间但凡做过临时工的人都尝过这种滋味；也无须多说手头紧巴巴的日子是多么煎熬，因为你们可能也苦熬过。但是，那些岁月在我心上刻下了一道难以愈合的伤口，恐惧和哀怨犹如伤口里的毒药，日夜侵蚀着我，这种痛苦远比没钱、没工作还要刺痛我。最初，我似乎无处可逃，总要做些勉为其难的活儿，像奴隶一样服苦役，不停地奉承讨好，摇尾乞怜，也许情况并不总这样。然而，若是当初逃之夭夭，那样风险太大，不可铤而走险；不过，一想到某种天赋，那个只有死神才能隐没的礼物——虽小如芥子，对拥有者来说，却大如须弥——正在一点一点枯萎凋零，随之消亡的还有我的自性，我的灵魂——这一切就变得像一块铁锈吞噬着春天的花蕊，慢慢锈蚀着生命的树心。可是，就像我说的那样，我的姑姑留下了一笔遗产；现在，每当我把一张十先令的纸币换成零钱时，心灵上的斑斑锈迹就会磨掉一点儿，忧惧不安和自艾自怨也会随之消散。事实上，当时我把找零的银币塞进钱包时，还在忍不住感慨，真是令人意想不到啊，想起那段苦苦挣扎的岁月，一份固定收入会让你收敛多少坏脾气啊。世上没有任何力量可以夺走我的五百镑。这些属于我的食物、住房和衣服，将永远属于我。因此，不仅那种颠沛流离、劳作苦役的日子一去不复返，而且仇恨与痛苦也戛然而止。我不需要恨任何人；任何男人也伤害不了我。我无须奉承任何男人，他给不了我的世界。所以不经意间，我发现自己对人类另一半的态度已悄然改变。把所有的不幸笼统地归罪于某个阶级或某一性别，这未免荒唐。我们人类伟大的身体从未曾对自己的行为负责。肉体被本能所驱使，总是身不由己。男性也难逃宿命，这些男性长者们、教授们，他们也在人海中沉浮挣扎，忙于应付自身问题。在某种程度上，他们自小所受的教育和我本人的一样迂腐不堪。在他们身上，也留有一个巨大黑洞。诚然，他们手握权力与金钱，但代价却是胸膛里藏着一只山鹰，或是一只秃鹫，永远在那里撕心裂肺，每日都来啄食他们的肝脏——那是他们的占有本能，一种想要攫取全世界的疯狂欲望，永远驱使着他们去划分边界，拟定旗帜，铸造战舰，配制毒气，永远渴望着占有别人的土地，觊觎着他人的货物，祭献着自己和孩子的生命。漫步在海军拱门下（此时，我正站在这座纪念碑前），或者其他任何一条遍布着大炮和战利品的大道，反思一下那些普天同庆的荣耀时刻。或者，找一个明媚春日，穿过阳光彻照的街道，远观那些股票经纪大鳄和遐迩皆知的名律走进高堂大厦去赚钱，他们日进斗金，富通四海。事实上，每年五百英镑就足以让一个人在阳光下活得有滋有味。反观那些邪魔般的攫取本能，它们已经在男人心中扎下了根，在病态的生活环境中恣意滋生，在文明之光照不到的地方日夜疯长。望着剑桥公爵的雕像，我的目光久久地停留在那簇装饰他三角帽的羽毛上，这一根根羽毛大概从未被人如此瞻仰过。不过，当我意识到他们亦非完人时，我的恐惧慢慢化作悲悯，内心的凄风苦雨化作风轻云淡。在接下来的一两年里，就连那种恬淡隐忍与悲天悯人的情绪都作浮云散，一切都释然了，自由就是思考事物本身，静观自在之物。譬如那栋建筑，我喜欢还是不喜欢？在我看来，那张照片美不美？这本书是妙笔传神，还是糟糕透顶？事实上，我姑姑留下的遗产为我一扫阴霾，扫除了弥尔顿认为我应该永远崇拜的、高大而威严的绅士形象，留给我一片毫无遮挡的晴空。

我沿着河岸，一路琢磨着，继续朝我住的地方走去。现在已是掌灯时分。从早晨到黄昏，伦敦发生了难以形容的变化。仿佛这台庞然大物般的机器轰鸣了一整天，加上人们来回穿梭，终于织就这三五码美丽画卷，令人过目难忘——在这块通红如火的织画上，闪烁着一只只猩红的眼睛，一头黄褐色的怪兽喷出一股白烟。就连风儿也像一面旗帜，猛烈地拍打着房子，震得四周的围栏嘎嘎作响。

我住的那条小街上，处处弥漫着一股浓厚的生活气息。油漆工正从梯子上朝下走；保姆轻手轻脚地推着婴儿车进进出出，最后回到育儿室吃茶点；运煤工把空麻袋一只只地摞起来；在蔬菜水果杂货店里，戴着红色连指手套的老板娘正在计算当天进账。然而，由于我肩负着诸位要讨论的问题，而我又如此全神贯注，所以，即便眼前只是寻常景象，我也忍不住要引向一个中心思想。我认为，现在来评判职业优劣，要说人类生活更离不开哪种工作，恐怕比一个世纪前还要困难。是运煤工，还是保姆，哪个更少不了；相较于赚取十万英镑的律师，一生抚育八个孩子的女佣，对这个世界而言，她的自身价值就更低贱吗？纠结于这类问题徒劳无益；因为没有人能回答。不单是因为数十年来，女佣与律师这两者的相对价值波动不定，同时也因为我们没有衡量标准，即便现在也无章可循。我曾经幼稚可笑地奢求我的教授，请他为自己的女性观提供某种"非此即彼、无可辩驳的证据"。纵使有人可以报出某种天赋才能的当前价值，这些价值也会上下浮动；再过一个世纪，世人很可能会重估一切价值。此外，踏上门阶时我还在想，一百年后，女性将不再受任何保护。从逻辑上讲，所有过去那些女性不得其门而入的工作和技能，都将为其敞开大门。保姆可以去运煤。女店员将会驾驶机车。

当女性处于受保护的弱势时，人们所见的事实以及基于这些事实所做的一切推断，都将荡然无存——譬如（这时，一队士兵齐步沿街走来），女人、牧师和园丁会比其他人寿命更长之类的流行看法。一旦拆除这层保护，让女性同样承受辛苦工作的反复碾压，让她们成为士兵、水手、机车司机和码头工人，女性会不会逐渐消亡，寿命比男性更短，灭绝速度更快？以至于某天有人会说，"我今天看到了一个女人"，就像人们过去常说的那样，"我看到了一架飞机"。有朝一日，一旦做女人不再是一种受保护的天职——我边开门边想，可能会发生什么真是难以预料。可这一切与我的文章主题《女性与小说》又有何关系呢？我走进屋里时也在反问自己。

三

　　因为找不出重要证据，也挖不到经得起考验的真相，当晚，我只得颓然而返。女人比男人贫穷是由于——这样或那样的原因。也许是该放手了，别再寻找真相了，任凭别人的意见如同山崩海啸般地从头顶倾泻而下吧，它们像火山岩一样炽热，又像洗碗水一样浑浊。最好拉上窗帘，避开世间纷纷扰扰；点亮台灯，缩小调查范围，还是恭请那些擅于记事而非臆测的历史学家来描述一下女性的生活条件，不是历数古往今来，而是着眼于英国本土，譬如伊丽莎白时代。

　　因为那个时代留下了一个亘古之谜，在这些传世之作中，为何没有一部是女性所写，而男性似乎个个都会吟诗作赋，或抒写十四行诗？当时，女性的生活条件究竟如何？我反躬自问。就小说而言，任何一部富有想象力的作品，都不会如同鹅卵石一样坠落地面，科学或许遵循此道。好的小说就像一张细密蛛网，尽管细若游丝，但仍然轻盈地附着在生活四周。这种依附痕迹大多不易觉察。譬如，莎士比亚的戏剧之网貌似完全自悬于空中。但是，当蛛网被风扯歪了、边缘被钩住了或者圆心四分五裂的时候，人们这才恍然大悟，原来这个精密之网并非由无影无形的生物凭空织就，而是由无数受苦受难的人类劳动交织而成。同时，它们附丽于极其物质的东西，譬如健康、金钱和我们的栖身之所。

于是，我走到陈列史料的书架上，取下一本最新出版的特里维廉教授所撰的《英格兰史》。我再次查找关于"女性"的章节目录，翻到了"女性地位"一节，然后在此节正文里，我读到这么一段，"殴打妻子是一项公认的男性权利，无论是达官贵人还是底层贫民，他们都养成了殴打妻子的习惯，并不以此为耻……同样，"这位历史学家继续写道，"女儿如果拒绝嫁给父母所选择的绅士，很可能会遭到囚禁、殴打或被人粗暴地在房间里抛来扔去，并不会引起舆论哗然。婚姻并非一桩私事，只关乎小儿女情事，而是事关贪得无厌的大家族整体利益，尤其是对于宣扬'骑士风范'的上层阶级……通常，在一方或双方都还在摇篮里的时候，就已经定下婚约。一旦到了可以离开保姆照顾的年纪，就要步入婚姻的殿堂。"大约是在一四七〇年前后，此时距离乔叟时代并不远。书中再次提及女性地位时，大约在两百年后的斯图亚特时代。"上层和中产阶级的女性如若自择夫婿，仍令人啧啧称奇。当丈夫被指派给她时，他就是夫君和主人，只要法律与习俗继续赋予他这种地位。然而，即便如此，"特里维廉教授总结道，"无论是莎士比亚笔下的女性，还是像凡尔尼家族成员和哈钦森夫妇所写的 17 世纪回忆录中的女性，本身似乎都不乏个性风采。"当然，倘若我们细究一下，克利奥帕特拉的行事风格想必不会墨守成规；不妨再设想一下，麦克白夫人从不会人云亦云；或许有人断定，罗莎琳德这个女孩光彩照人。特里维廉教授的鉴定是，莎士比亚笔下的女性魅力十足，不流于俗，这不过是实话实说罢了。本人并非历史学家，我甚至可以更进一步地说，有史以来，女性就像灯塔一样燃烧着自己，照亮了所有诗人的作品——克吕泰涅斯特拉、安提戈涅、克利奥帕特拉、麦克白夫人、费德尔、克瑞西达、罗莎琳德、苔丝狄蒙娜、马尔菲公爵夫人；接着，她又用火光照亮了戏剧舞台；然后，又驱散了小说世界的黑暗：米勒曼特、克拉丽莎、贝姬·夏普、安娜·卡列尼娜、爱玛·包法利、德·盖尔芒特夫人——这些名字在我脑中蜂拥而至，这些作家笔下的女性也从不曾给人"缺乏个性、随波逐尘"之感。事实上，假如女人只是虚构之物，仅仅存在于男作家的小说写照中，那么，她可能被想象成头等重要之人，必定独步天下。她的性格何其多面：既有杀伐决断，但又生性卑贱；似繁花般绚烂，却又堕入风尘；美若仙子，却又丑陋如斯。有人说，女儿家和七尺男儿一样了不起，有人甚至认为女子气概胜过须眉①。然而，这是小说中的女性。在现实中，正如特里维廉教授所指出的那样，女性被囚家中，经常挨打，甚至可能会被残忍地丢弃在屋子里任何一个角落。

---

① "这真是一件咄咄怪事，我们迄今也无法解释，为何在雅典娜这座城邦里，女性会被迫成为那种具有某种东方色彩的奴婢或苦力，在舞台上，却兀然出现了像克吕泰涅斯特拉和卡珊德拉、阿托莎和安提戈涅、费德尔和美狄亚这样一群人物，以及所有其他同一系列女主角，她们主宰着一幕幕由'厌女主义者'欧里庇得斯所创作的戏剧。然而，在现实生活中，一个受人尊敬的女人，很难独自一人在街上抛头露面；在舞台上，女人却能与男人比肩而立，甚或逾越男人之上。何以出现这种吊诡现象，我听到的解释大都不尽如人意。即便在现代悲剧中，这个悖论也同样不容小觑。不论怎样，只需浮光掠影地看看莎士比亚的戏剧（或者只需速览几页韦伯斯特的作品，不过，马洛或琼森的书要逐页细察才行），我们就不难发现，从罗莎琳德到麦克白夫人，这个矛盾一直赫然醒目，而女性向来作为始作俑者的戏剧形象，早已在舞台上扎下了根。拉辛笔下的女性也是如此；其六部悲剧皆以女主角的名字来命名；至于他创作的那些男性角色，有哪一个能与下列女性人物旗鼓相当呢：赫耳弥俄涅和安德洛玛克、贝蕾妮丝和罗克珊娜、费德尔和阿达莉？易卜生的戏剧世界更是如此：索尔维格与娜拉、海达与希尔达·旺格尔或丽贝卡·韦斯特，试问，又有哪些男主人公能与之匹敌呢？"——弗兰克·劳伦斯·卢卡斯卢卡斯，《悲剧》，第114、115页。

于是，一个古怪反常、矛盾重重的女性形象就这样混杂而成。在艺术家笔下，她光燦如星子；在现实生活中，她却微渺若尘埃。女性之美浸透诗歌底色，但她几乎没在历史上留下任何足迹。在小说中，她主宰着国王与征服者的命运之轮；事实上，只要谁家男孩的父母逼她戴上订婚戒指，她就成了那家男孩的奴隶。文学中最有灵气的话语，最高深莫测的思想，有些就出自女人的唇齿之间；但在现实生活中，她们中的大部分人都不能识文断字，妻子只是丈夫的私有财产。

　　假如我们先读历史，再读诗歌，就一定会发现一个虚构的怪物，犹如奇形怪状的畸胎——一只长着苍鹰翅膀的地底蠕虫；一个在厨房里剁切牛羊板油的绝代佳人。不过，这些精怪如同海外奇谈，无论多么激发想象力，其实都是子虚乌有。为了让她栩栩如生，跃然纸上，我们既需要带有旷达驰骋的诗意笔风，也离不开平实历史的白描手法，这样才不至于让她住在一座空中楼阁里——姑且称她为马丁夫人，三十六岁，一身蓝衣，头戴一顶黑帽子，脚穿一双棕色鞋；同时，别忘记小说的虚构性——她是一个将诸多元素熔为一炉的容器，形形色色的精神和力量在炉内幽光闪烁，流动不息。然而，当我们尝试用第二种白描手法重塑伊丽莎白时代的女人形象时，计划却搁浅了，终因事实材料不足而无从下笔。我们对这个时代的女性的人生细节、生活真相一无所知，她几乎无证可考。那么，这段时期对于历史教授意味着什么呢，我再次求助特里维廉想一探究竟。我查了一下章节标题，发现历史意味着——

"庄园法庭和露天农业种植的方法……熙笃会和养羊……十字军东征……大学……下议院……百年战争……玫瑰战争……文艺复兴学者……《解散修道院法令》……农业和宗教斗争……英国海洋权力的起源……无敌舰队……"偶尔会提到某个女人，伊丽莎白或玛丽；女王或贵族名媛。但是，中产阶级女性除了拥有头脑和性格之外一无所有，她们找不到任何途径去参与轰轰烈烈的运动，而正是这些运动的洪流汇成了史学家眼中的历史。我们也不会在历史趣闻中寻见她的芳踪。关于那个时代的女性，奥布里也几乎只字未提。她对个人生活从不着墨，也没有记日记的习惯；她的私人信件留存很少，只有寥寥几封，没留下一首诗或一部戏，其人其文我们无从评判。我们所寻找的东西，我寻思着——纽纳姆学院或格顿学院里才华横溢的学生为何不能提供一下呢——是关于伊丽莎白时代女性的翔实文献信息：她几岁结婚；她照例会生几个孩子；她的住宅是什么样子，她有没有一个属于自己的房间；她下厨做饭吗？她有可能雇个用人吗？所有这些我们急需的事实材料，一定沉睡在历史深处，或许就藏在教区登记册和账簿中。彼时普通女性的生活记录，一定散落在世上某个地方，可以把它收集起来写本书吗？我边想边环顾四周，书架上找不见它们的影子，至于建议名校学子重写历史，我岂敢有此野心。尽管我也承认，目前历史记载的的确有点诡异，虚而不实，男女悬殊；然而，才子才女们为何不为历史做个补阙拾遗呢，当然，得用某个不起眼的字眼来称呼这种补编。如此一来，女性就可以毫无违和感地跻身于历史之林？我们经常透过伟人生活的罅隙，瞥见她们匆忙走开，隐身于背景之中，有时我猜想，她们是去幕后偷偷地使了个眼色吗，是忍俊不禁吗，或是默默饮泣？毕竟，简·奥斯汀生活中的酸甜苦辣咸，我们早已见怪不怪了；至于乔安娜·贝利创作的悲剧对埃德加·爱伦·坡的诗歌有何影响，似乎也不必一再重提；就我本人而言，即使玛丽·拉塞尔·米特福德的家乡旧宅和常去之地对公众关闭至少一个世纪，我也不会在意。而真正令我扼腕叹息的是，我再次环顾书架，继续思索着，18世纪之前的女性完全湮没在历史尘烟里。在这里，我找不到让人前思后想的女性模式。我不停地追问，为何伊丽莎白时代的女性不写诗，她们是如何接受教育的；是否有人教她们写作；她们是否有单独的起居室；有多少女性二十一岁前就已生子，我的脑海中一片茫然；简而言之，从早上八点忙到晚上八点，她们都做了哪些事？显然，她们没有私人财产；根据特里维廉教授的说法，不管女性喜不喜欢，很可能儿童时代还没结束，她们就已嫁为人妇，也不过十五六岁的光景。我得出结论，假使她们当中有人突然写出了莎士比亚的剧本，即便有证据表明此事不假，那也堪称一桩惊世骇俗的奇闻。我不禁想起一位老先生，他曾担任主教一职，现已魂归天国。他宣称无论过去、现在还是将来，任何女人都不可能拥有莎士比亚的天才。他为此特地给报社写了封信加以说明。有位女士向这位主教求证是否猫真的无法升天，他还回复道，猫是断不会进天国的，并补充道，尽管它们拥有某种低劣形式的灵魂。老先生们竟如此绞尽脑汁来拯救灵魂！他们一走近，无知的边界就兀自缩小啦！猫儿上不了天堂，女人达不到莎士比亚的辉煌。

　　尽管如此，我仍然思潮起伏，忍不住望向摆着莎翁剧作的书架，主教至少在这点上是中肯的：在莎士比亚时代，任何一个女性都绝无可能写出莎士比亚的皇皇巨著。既然事实难以验证，不妨让我想象一下，假如莎士比亚有个妹妹，名叫茱蒂斯，自幼天赋异禀，那她会怎样过完一生呢？莎士比亚本人很可能——他母亲是一位家产不菲的女继承人——读过文法学校，修习过拉丁文——奥维德、维吉尔和贺拉斯——以及语法和逻辑的基本原理。众所周知，莎士比亚早年野性难驯。他偷猎野兔，或许还偷偷捕杀过野鹿，尚未适龄就早早结了婚，娶了一位邻家女，婚后不久生下一子，但比预产期早了不少天。做出此等大胆冒险之事，他只得逃亡伦敦去闯荡一番。莎士比亚似乎对戏剧情有独钟。一开始，他在剧院后门口给人牵马坠镫。时隔不久，他就在剧团谋到一份差事，成为一名风光无限的演员，整个宇宙都围绕他旋转。他交游甚广，上自贵人，下至凡夫，待人接物轻车熟路，在戏台上磨炼演技，在街头施展诙谐口才，甚至得以进宫觐见女王。与此同时，他的妹妹虽天纵奇才，我们姑且假设，却被留在家中。她和哥哥一样有天马行空的想象力，喜欢新奇事物，渴望见识大千世界。但是，没人供她去学校念书。她无缘习得语法与逻辑之妙，更不用说阅读贺拉斯或维吉尔的华章。她不时拿起一本书，或许是她哥哥写的一部大作，才读了几页，她的父母就走了进来，要么叫她去补袜子，要么让她看着炉火上的炖菜，不许她整天拿着书和本子到处闲荡。他们说的话或许尖锐刺耳，但心地淳厚善良，像他们这样家道殷实的长辈，不是不知道女人的社会处境，也不是不疼爱自己的女儿——事实上，保不定她还是父亲的掌上明珠呢。她很有可能是躲到贮藏苹果的阁楼上，偷偷地写下了几页草稿，但后来要么小心翼翼地藏了起来，要么就付之于火化成灰了。然而，光阴似箭，那年茱蒂斯还不到二十岁，镇上一个羊毛商的儿子就跟她家定了亲。她气得大叫，说她讨厌这门亲事。父亲为此狠狠地打了她一顿。不久之后，他就不再痛骂女儿了，转而恳求她不要伤害为父的心，毁了这一桩婚事会让他颜面尽失。他许诺给她买一串珠链，要不送她一条华丽的衬裙也行；他说这话时，眼里噙满了泪水。她怎能违抗父命？怎能让父亲伤透了心？可是，凭着诗神天赐之力，她就身不由己走到了这一步。一个幽幽夏夜，她收拾好一个小包袱，顺着一根绳子溜到地面，从此踏上了去往伦敦的旅途。她年方十六七，树篱上啁啾不已的鸣禽，也比不上她有音乐天赋。她对婉转起伏的语音语调有着极为敏锐的感悟力，像她哥哥一样拥有这种与生俱来的才华。和他一样，她也对戏剧如痴如醉。她徘徊在剧场后台入口；她说，她想演戏。男人们当着她的面哄堂大笑。剧院经理——一个肥头胖耳、口若悬河的男人——止不住冲她一阵狂笑，劈头盖脸地揶揄了她一番，大概是说女人演戏不过是狮子狗跳舞之类——他说道，女人当不了演员。接着，他还给了点暗示——诸位都能猜到他在暗示什么。在演艺这一行，她得不到任何专业训练。她会沦落到找家小酒馆混饭吃的地步吗，或在午夜街头独自流浪？然而，她的天赋才华是虚构幻想，她渴望的精神盛宴是领略人间百味，细察众生之路。最后——因为她正值芳华，脸庞模样又与诗人莎士比亚无比相似，简直是偶然天成一模一样，弯弯浓眉下闪烁着一对深灰色眼眸——演员兼剧团总监尼克·格林还是动了恻隐之心；不久，她就与这位绅士暗结珠胎，于是——

一个苦苦纠缠、深陷于女性肉身的诗人灵魂，最终不能破茧而出，谁能摹状界定这种狂热与激情？——一个寒冬深夜，她寻了短见，死后埋在某个十字路口，就在如今"大象城堡"门外的公共汽车站附近。

我想，在莎士比亚时代，纵使某个女子不乏莎士比亚的天资，她的一生起伏也不过如此。但就我而言，我同意那位已逝主教的观点，倘若逝者已逝、得以安息的话——生活在莎士比亚时代的任何女性，都不可能成为莎士比亚这样的天才，否则的话，真是匪夷所思。因为像莎士比亚这样的天才不是诞生在贩夫走卒、市井之徒、奴颜媚骨的鼠辈之中。这种天分不会在英国撒克逊人和布立吞人的荒野上生根发芽。既然天才的莎士比亚不是诞生在今天的工人阶级之中，那么，按照特里维廉教授的说法，在那个几乎还是个孩子就得卖力干活儿的女性群体中，谁又能绽放此等才华？她们无法摆脱时代的宿命，因为自身被父母所迫，也被法律与习俗的铁链所缚？然而，某种文学的奇葩异卉一定也寄居于女性之苑，同样的，它一定也根植于工人阶级的土壤之中。现在，时不时就冒出来又一个激情似火的艾米莉·勃朗特，或者又一个诗兴大发的罗伯特·彭斯，这足以证明天才之火从未熄灭过。不过，确定无疑的是，这些尚未见诸研究文献。大家阅读时会遇到世人避之不及的女巫，被魔鬼附身的女人，兜售草药、精通妖术的神婆，甚或天之骄子的母亲，而我却在暗自心想，我们可以循迹追踪到一位茫然无措的小说家，一个天下不容的诗人，又一个沉默不语、黯然转身的简·奥斯汀，另一个激情汹涌、呼啸而过的艾米莉·勃朗特，她或在旷野上狂奔，或在大路上游荡，被自己的天赋折磨得愁眉苦脸，疯疯癫癫。事实上，我大胆猜测，倘若有位无名氏写下一行又一行的诗歌，却从未对世人吟唱过，那么，这位作者多半为一名女性。这让我想到爱德华·菲茨杰拉德曾经提到过的一名女性。她一生创作了很多首民谣，却装作为孩子们温柔哼唱的歌曲，借以掩饰自己创作的故事，或者借此打发漫漫冬夜。

此事真伪难辨——谁能断言呢——不过，当我重温自己虚构的莎士比亚妹妹的故事时，我似乎发现了一个事实真相，那就是任何一个生在 16 世纪的女性，倘若她才气过人，都肯定会陷入迷狂，要么举起火枪自尽，要么在某个荒村野屋中形影相吊，了此残生。这个女人半似老巫婆，半似魔法师，人皆惊惧纷纷逃避，她必受尽世间讥讽。因为，无需深谙心理学技巧就能推断出来，一个女孩即便是天降奇才，当时若想依靠自身才思敏捷去写诗，不仅会被世人打败，输得片甲不留，而且还会被自己的逆反天性折磨得五内俱焚，从而变得形容枯槁，神经错乱，终将难逃厄运。任何一个女孩当时若想闯荡伦敦，挤进剧院边门，得以见到演员兼剧院总监本人，这条路上一定是风狂雨骤，遍地荆棘，这份人生经历一定痛彻骨髓又完全不可理喻——因为女性贞操可能是一种宗教崇拜物，是某些社会出于未知原因凭空捏造出来的概念——但痛苦之轮至今旋转不停。不论古今，只要身为女人，守身如玉都是一种神圣的宗教情怀。一直以来，这种守贞思想把女人从头到脚裹得严严实实，既牵动着无数人的神经，又和人类本能纠缠不清，因此需要一颗最勇敢的心，才能把它从神龛上彻底解放，使其走出黑暗，重见阳光。即便16世纪的伦敦女性可以享受无拘无束的生活，但作为一名诗人兼剧作家，这一层身份对她而言无异于如履薄冰，令她惶惶不可终日，很可能会毁了她一生。即便她挺了过来，她也会陷入某种焦灼不安、病态忧郁的幻象之中，一切事物在她笔下都会扭曲变形，显得放诞诡异。毫无疑问，我一边查看书架，一边暗自叹息，这里找不到任何一本女性创作的戏剧，这些无名之辈肯定就这样沉没在黑暗里了。她当年肯定寻求过避难所。即便到了 19 世纪，一提到贞洁观，仍然给人秋风萧瑟之感，女性不得不匿名写作。柯勒·贝尔、乔治·艾略特、乔治·桑都是这种内心冲突的牺牲品，其作品署名便是明证，她们大费周章地以男性化名来掩饰自身性别，但终究无济于事。女性以隐匿自身的方式进行写作无疑表明她们仍未完全摆脱社会遗风，因为按照旧习俗，享有知名度的女性是令人不齿的，这种思想即便不是男性强行灌输的，也是他们大肆褒奖的（默默无闻才是女性佩戴的月桂冠冕，伯里克利如此说道，而他本人呢，却是一个有赫赫之功的名人）。她们的本分就是隐姓埋名，她们的内心仍然渴望戴上面纱。时至今日，她们也不像男人那样担忧自己的名声是愚是贤，一般来说，当她们路过墓碑或路标时，不会像阿尔夫、伯特或查斯那样内心有某种不可抗拒的欲望要在上面刻下英名，而那几位男士势必会顺应本能去树碑立传。这石碑仿佛在喃喃低语，每当看到一位淑女朝它走来，甚至连一只小狗路过时，它也会说，这条狗属于我。当然，至于他们欲望的对象，可能并不仅限于犬类动物。我又想起议会广场、胜利大道和其他城市大道；它可能是一块土地，也可能是长着一头黑色鬈发的男人。然而，对于女人而言，即便哪一天她们中有人与一位非常漂亮健硕的黑人女子擦身而过，也不会惦记着要把她驯化成一名英国女人，这便是女性与生俱来的美德之一。

16世纪的女人，虽然腹有诗书，但是一生郁郁不得志，整天生活在自我矛盾之中。她的生存条件与女性本能都与写作心境水火不相容；而只有进入这种境界，她们才能尽情释放大脑中一切奇诡幻象。不过，最利于创造的心理状态究竟是什么呢？我问道。一切云谲波诡的大脑想象活动都裹挟着某种心理情绪，人们可以窥见一二吗？这时，我打开一卷收录着《莎士比亚的悲剧》的作品集。譬如，莎士比亚创作《李尔王》和《安东尼和克利奥帕特拉》时，他处于什么样的精神状态？有史以来，最宜诗歌生长的心灵境界莫过于此吧。然而，莎士比亚本人对此绝口不提。我们只是偶然得知，他"从未涂改过一行诗"。直到18世纪，艺术家才真正开始谈论自己的精神状态。

也许是卢梭开了风气之先。无论如何，到了19世纪，谈论自我意识已经靡然成风，文人墨客们已经惯于在忏悔录与自传中自剖心迹。关于他们的传记作品相继问世；去世后，私人信件也被公开出版。因此，尽管我们不知道莎士比亚在创作《李尔王》时经历了什么，但我们知道下列情况：卡莱尔创作《法国革命》的心路历程；福楼拜小说《包法利夫人》孕育过程中的诸多坎坷；面对步步逼近的死神，济慈经历了多少凄风寒雨，如何以诗歌之利剑对抗那个冷若坚冰的世界。

纵观这些浩如烟海的现代忏悔录和自我剖析的文学作品，它们无疑都在告诉我们，任何鸿篇巨制的诞生过程几乎都是惊天地、泣鬼神的。整个世界都在与之为敌，千方百计地扰乱作家心境。一般来说，周围的客观环境并不利于写作：总有狗吠之惊；琐事扰人清净；当下囊空如洗；人已病入膏肓。此外，这个世界对一切厄运都是袖手旁观，冷酷得令人发指，更使作家苦不可言。这个世界不求任何人赋诗、写小说或编撰史书，即便离开了巨匠，太阳依然照常升起。它不在乎福楼拜是否觅得佳句，也不在乎卡莱尔是否明察秋毫，让真相大白于天下。它自然不会为自己不想要的东西慷慨解囊。因此，诸如济慈、福楼拜和卡莱尔这类作家，尤其当他们处于才思泉涌的青年时代，个个心烦意乱，失魂落魄。而这些长于自我分析与内心忏悔的作品，便是他们在悲痛欲绝之际向这个世界发出的一声声呐喊，是对命运不公的诅咒。"但凡伟大的诗人，难逃痛苦的宿命。"——这句箴言是他们诗歌思想的压舱石。如果真有什么东西能从黑暗之中破茧而出的话，那就是一部作品的诞生，这真是一个奇迹，或许没有一本书能够无灾无险地降生于世，一如当初构思得那般美玉无瑕。

但对于女性而言，望着眼前空空荡荡的书架，我陷入了忧思，写作之路不知要崎岖多少倍。首先，拥有一个属于自己的房间纯粹是天方夜谭，更不用说那种安安静静或加了隔音板的房间了，除非其父母腰缠万贯或者她生在名公巨卿之家，即便是生在这样非富即贵的人家，女性也要等到 19 世纪初叶才能得偿所愿。靠着父亲发慈悲寄来的一点儿零花钱，她只能勉强维持温饱，她的痛苦得不到片刻安抚，甚至连济慈、丁尼生或卡莱尔这些落魄男人都可以去的地方，她也去不成。她不能徒步旅行，不能旅居法国，也不能独居单间。虽说那些男作家蛰居斗室惨不忍言，但至少他们能有个安身之所，可以逃离严肃刻板的家庭管制。物质生活上的障碍已经令人望而生畏，但更糟糕的是在灵魂世界里，那里还有重重关山等她飞度。对于世道人情的漠然不应，济慈、福楼拜和其他天才男作家们都感到难以忍受，对她而言，又何止是人情淡薄，简直就是充满敌意。这个世界对男人说道：如果你愿意，那就动笔写吧。但它并不如此善待女人，而是漠然置之。整个世界都在哈哈大笑，说道，你想当作家？你写的东西有什么用处？说到这里，纽纳姆学院和格顿学院的心理学家们或许能为我们答疑解惑，我又看了一眼书架上空落落的地方，心下在想。因为，是时候了，让我们衡量一下泼冷水对艺术家心灵的影响吧，就像我看过一家乳制品公司的对比研究一样，测量普通牛乳和优质牛乳对老鼠身体的不同影响。两只老鼠饲养在相邻笼子里，其中一只体形瘦小，胆战心惊，行动鬼鬼祟祟，另一只则皮毛油光水滑，体形肥硕，敢于冒险。我们是用什么食物滋养女性艺术家的呢？我问道，不禁想起了晚餐时吃过的梅子果脯蛋奶沙司。想要回答这个问题，我只需打开晚报，读一读伯肯赫德勋爵的建议——但实际上，关于伯肯赫德阁下对女性写作的高见，我不想徒费工夫照抄下来。至于英格教长所说的话，我也不想重提以免沉渣泛起。纵使哈利街区容许某位专家大叫大嚷，惹得整条街沸沸扬扬，也不会把我吓得毛发悚立。不过，我将引用奥斯卡·布朗宁先生的话，因为布朗宁先生曾是剑桥大学的学界泰斗，以前常来格顿学院和纽纳姆学院考查学生。这位奥斯卡·布朗宁先生惯于宣称，"批阅完所有考卷之后"，他脑海中留下的印象是，"如果不考虑最终能打多少分数的话，最拔尖的女生在智力上通常比不上垫底的男生"。说完这番话，布朗宁先生便走回自己的住宅——正是随后发生的故事为他赢得世人垂青，使他陡然之间变得伟岸庄严如山——就在他回到自己的房间时，他发现一个小马倌躺在客厅沙发上——他瘦得只剩一副骨架，双颊凹陷，脸色蜡黄，牙齿发黑，看起来手无缚鸡之力……"这是亚瑟"（布朗宁先生说道）。"他是一个真正的心灵高尚的乖小孩。"在我看来，两个画面总是相辅相成。所幸我们生活在传记文学时代，这两个画面往往相得益彰，有助于世人解读时代风流人物的思想主张，这样不仅能帮助我们理解其人其言，还能对照其所作所为。

虽然他的女性观搁在今天也不稀奇，但即便时光倒流至五十年前，这番出自权威人士之口的论断，也足以令人心寒。让我们假设一下，有一位父亲出于最高尚的人类动机，阻止女儿远走高飞，不希望她成为作家、画家或学者。他会说："你听听人家奥斯卡·布朗宁先生是怎么说的。"不单单奥斯卡·布朗宁先生这么说，连《周六评论》也随声附和，"依靠且服侍男人是女人的生存基础"，格雷格先生如是断言。这种男性观点俯拾即是，大意就是对女性智力水平不抱任何期望。即便父亲从不曾对她大声朗读过这些高论，女孩自己也能读到这些所谓的规矩；这类言论，即便到了十九世纪，肯定也在压抑着女性的创作活力，并且在字里行间烙下了深深的伤痕。这个世界上总会有数不完的条条框框——这也不行，那也不行——有待她奋起反抗，经受磨难穿云破雾。或许对于小说家而言，这种思想病菌不再是致命威胁了；目前已经诞生了一群令人钦佩的女小说家。不过，画家们想必仍觉得如芒在背；至于音乐界，我猜度，她们中毒至深，甚至已经病入骨髓。今天，女作曲家处于风口浪尖，一如在莎士比亚时代，站在艺术前沿的女演员。尼克·格林说的那句话，让我想起了自己所写的莎士比亚妹妹的故事，他说舞台上的女人让他想起了跳舞的卷毛狗。两百年后，约翰逊竟用一模一样的词汇描述一位讲经布道的女人。时至今日，我一边说着，一边翻开了一本音乐典籍，到了公元纪年一九二八年，居然还会看到有人把同样的字眼用在潜心音乐创作的女性身上。"关于热尔梅娜·塔耶芙尔女士，我们只能老调重弹，引用一句约翰逊博士关于女传教士的至理名言，只需把其中的'布道'换成'作曲'即可。'先生，女人作曲就像小狗直立行走。虽然它走得摇摇晃晃，但是你会惊讶地发现，狗竟然也会站着走路。'"历史总是旧戏重演，毫发不爽。

由此可见，我一边合上奥斯卡·布朗宁先生的传记，把其他几本书一起束之高阁，一边总结道，显然，即便在 19 世纪，女性要想成为一名艺术家，没人会为她摇旗呐喊。相反，她会遭遇一番冷言冷语，还会挨几记耳光，被人笔诛墨伐，谆谆告诫。她肯定忙于应付四方异议，整日心绪不宁，导致创造力受阻。讲到这里，我要再次谈起男性主义情结的势力范围，这个话题十分耐人寻味又晦涩艰深，它对女性运动的影响是如此刻骨铭心。同时，这种心理欲望根深蒂固，与其说是女性低人一等，不如说是男性高人一等，让他无论身在何处，不仅在艺术殿堂前，而且在政坛之路上，都结结实实地挡住了女性去路，不管这名女性对其本人所构成的风险是多么微乎其微，也不管她如何哀哀相告，看起来是多么卑微且忠诚。我记得，纵然贝斯伯勒夫人对政治充满热情，她也必须对男政客卑躬屈膝。在一封写给格兰维尔·莱维森·高尔勋爵的信中，这位夫人写道："……尽管本人在政界一贯言辞激烈，而且对此议题评论颇多，但我完全同意您的看法，没有哪个女人有资格干预此事或任何其他政坛要事，除了谈谈个人看法之外（如果有人问她的话）。"于是，她继续把一腔热情洒在不受任何限制的地方，大谈特谈格兰维尔勋爵在下议院的首场演讲，因为兹事体大。我想，这现象确实怪诞不经。一部男人反对妇女解放的历史，也许比解放故事本身更加引人入胜。如果格顿学院或纽纳姆学院的青年学生可以收集例证并能从中推导出某个理论，那么这本书一定很有吸引力——但她需要戴上厚厚的手套、手握棍棒来保护自己找到的足赤金块。

不过，今天读来滑稽可笑的观念——我一边遥想从前，一边合上了贝斯伯勒夫人的回忆录——当年人们却不得不亦步亦趋，追随杖履。如今，人们只会把这些文

章段落粘到标签为"公鸡喔喔叫"①的剪贴簿上，等待盛
夏良夜，挑上三五听众，老话重提仅作谈资。然而，它们
曾经一度令人泪如雨下。你们的祖母和曾祖母那辈人中，
我可以向诸位保证，一定有不少人哭得稀里哗啦。弗洛
伦斯·南丁格尔就曾大声呐喊，焦心如焚。此外，这一切
旧观念对你们来说都无所谓，因为你们抓住了读大学的机

①"公鸡喔喔叫"，欧洲18世纪民谣。在古希腊神话中，公鸡被视为
圣物，原文中"doodle doo"指的是小鸡叫声。

一只公鸡喔喔叫，
太太鞋子找不着，
先生弄丢了琴弓，
不知怎么办才好。

一只公鸡喔喔叫，
苍蝇蜜蜂结了婚。
公牛加入了陆军，
骡子加入了海军。

一只公鸡喔喔叫，
何不天天乐陶陶。
我们围着杜鹃树，
开开心心跳起舞。

会，并且拥有了属于自己的起居室——或者只是一间小卧室兼起居室——你们当然会这样说，天才本不该因陋守旧；天才就应该不畏人言。但不幸的是，恰恰是才子才女们最在意别人评价。别忘了济慈，记住他自己拟定的墓志铭。想想丁尼生吧；无需堆积如山的铁证，几乎立刻就能证明，虽说这是上天选定之人才会有的幸运，每一句评价对于他都是刻骨铭心的话，这是艺术家的天性。文学旷野中遍布着他们的遗骨残骸，一味纠缠于飞短流长以至于迷失了心智。

艺术家们过度敏感的心灵为其自身带来了双重不幸，我沉吟片刻，再次回到我最初的讨论主题上，即什么样的心态最有利于迸发创意火花。为了彻底解放心中孕育的精灵，艺术家须尽自己最大努力，让灵魂保持一种炽热如火的状态，我碰巧看见作品集翻开的那一页是《安东尼和克利奥佩特拉》，不由得猜想它应该就像莎士比亚所拥有的创作心态吧，在他的精神世界里，既没有重重藩篱，也没有任何未经淘净澄清的灵魂杂质。

尽管我们说，对于莎士比亚的心态，我们一无所知，但即便是无从谈起，我们其实也在谈论莎士比亚的心理状态。我们对其知之甚少的原因可能是——相对于唐恩、本·琼森或弥尔顿而言——莎士比亚本人的心事对我们读者向来是隐忍不发的，我们无从得知他个人的缠绵幽怨、仇隙敌意或心中芥蒂。我们不会因某种作者"心灵的曝光"而拖慢阅读速度。一切与其个人相关的欲望之火：那些愤然抗议、传经布道、自揭伤疤、清偿旧账、想让世人见证人生苦短的表现欲，都被作者一一扑灭，不留半点儿火星。因此，他的诗歌才会自由不羁地从其脑海中奔涌而出。如果说世上真有才情尽显之人，那人就是莎士比亚。如果说人间曾经有一颗灵魂炽烈如火焰、清澈如喷泉的话，我一边揣度着，一边再次转向我身后的书架，那就是莎士比亚的灵魂。

四

　　然而，要想在 16 世纪找到葆有此心的女性，无异于缘木求鱼。只需想想伊丽莎白时代墓碑，想想所有那些刻在墓碑上的双手合十、双膝跪地的孩子们；以及她们生命的英年早逝；再看看她们住过的那些昏暗无光、狭小局促的房间，我们就会意识到在那种情况下，任何女人都绝无可能诗兴大发。人们可能等到晚些时候才发现，某位伟大女性终于利用自己相对而言的自由与安逸，甘冒被世人当作兴妖作怪之人的风险，发表了署以真名的艺术作品。男人当然不是势利小人，我继续臆度着，小心翼翼地避开丽贝卡·韦斯特小姐所主张的"激进女权主义"；相反，他们倒是动了恻隐之心，对某位伯爵夫人的诗作赞赏有加。我们会发现，与当时不甚知名的奥斯汀小姐或勃朗特小姐相比，一位世袭贵族女士会受到更多鼓励。但我们也会发现，总有某些令她惴惴不安、恨意难平或其他外来因素扰乱她心境，透过文字可以窥见她抑郁寡欢的心理踪迹。譬如这位温奇尔西夫人吧，我一边取下她的诗集，一边斟酌定夺。她生于一六六一年，是一位嫁入名门的大家闺秀；一生无子嗣，但长于诗文。只要翻开她的诗篇，就不难发现她对女性的卑微地位有多么怒不可遏：

陈规旧制毁诗才！
摧残天性事事哀。
心灵不得出囚笼，
枯燥人生锁重重。

纵有奇才高八斗，
何曾飞到天尽头。
怎奈反对声如潮，
无望逃出恐怖堡。

显而易见，她的头脑并未"熔解去除所有杂质，从而变得炽热发光"。恰恰相反，一股怨气搅乱了女诗人的澄思寂虑。对她而言，人类社会一分为二。男性天生是"对立派"；是女性疾之如仇的对象，因为他们有权力阻挡她的逐梦之路——那就是写作。

> 耍笔杆的女人啊！
> 得意扬扬谁敬重，
> 悔之晚矣误终生。
> 人说男女自不同，
> 女人本该爱虚荣，
> 要攀时尚最高峰。
> 读书写字做学问，
> 有损容颜耗精神，
> 莫负韶华好青春。
> 庭前屋后团团转，
> 天赋之花已凋残。

她所从事的诗歌创作遭人指指点点，但据我所见，她过着一种闲云野鹤般的田园生活，以梦为伴，并无任何不良危害：

　　　　寻幽探秘野林中，
　　　　小径寂寞无人踪。
　　　　昨日似锦色已褪，
　　　　灼灼玫瑰谁能绘。

　　若她习惯以诗歌为径徜徉世间，并且乐在其中，不用说，她只有受尽讥笑的份儿；据说蒲柏或盖伊曾讽刺她"如同一只渴望涂鸦的蓝袜子"[①]。还有人认为她曾经嘲笑盖伊故而得罪了他。因为她在评价《琐事》时说过这样的话，该书作者"更适合在马车座椅前步行，而非

──────────

[①]蓝袜子，指女学者或女才子，源于18世纪由伦敦知识女性组成的蓝袜社。1750年，平民出身的植物学家兼翻译家本杰明·斯蒂林弗利特因为没有正式社交场合所需的黑色或白色丝绸长袜，而是穿着普通的蓝色羊毛长袜应邀出席蒙塔古夫人在其府邸举行的文艺沙龙，因而该团体被保守人士嘲笑为蓝袜社。

坐在座椅上旅行"。但默里说，这些不过是"不可尽信的流言蜚语"，而且"寡淡无趣"。但我本人不敢苟同，因为我本想多听几句像这样靠不住的飞短流长，这样我就可以好好揣度或想象一下这位郁郁寡欢的女士：她喜欢在旷野上像孤独的云一样漫游，她的沉思也从不落窠臼，如此年少轻狂，如此不拘常理地自嘲自讽——"打理家务是那么卑微又乏味"。但默里先生说，她后来变得越发散漫无度以至于她的天赋之园荒草萋萋，荆棘遍地。一枝有着惊人慧根的诗人之花来不及绽放就这样凋零了。于是，我把温奇尔西夫人的作品放回书架，转向另一位杰出女性，兰姆毕生钟爱的公爵夫人玛格丽特，这位思想大胆、几近疯癫的纽卡斯尔公爵夫人，虽为兰姆晚辈，但也是其同龄人。尽管这两位女士都卓尔不群，但有一点是相似的，二人都生于贵族之家，都无子嗣，都嫁与淑人君子。二人内心都曾燃起诗歌的激情，但都在同样的压力下，她们的感情都发生了断裂变形。翻开公爵夫人的作品，我们同样会感受愤怒的火山在喷发。"女人一生都过着像蝙蝠或猫头鹰一样的黑暗日子，像野兽一样做苦力，像蠕虫一样卑微死去……"玛格丽特可能也是一位天生的诗人；在我们所处的时代，所有的人类活动都肯定会带动大大小小的社会齿轮。事实上，用什么方法可以驯服或约束这种狂野不羁、豪放大度的天性以便人类能驾驭呢，有什么制度可以教化那些未受过正规教育但又天资聪颖的女性呢？她们的智慧犹如飞瀑杂乱无章地倾泻而出，形成了一股股韵文与散文、诗歌与哲学的湍流，而那些隐藏在四开本和对开本中的灵性之光，世人却从未得见。她本可以手里有台显微镜，她本可以学习如何观察星象并进行科学推理。但她的聪明才智在孤独与自由之间迷失了方向。没人及时为她指点迷津，也没人教她处世之法。教授们对她胁肩谄笑。在法庭上，人们公然奚落她。埃格顿·布莱吉斯爵士抱怨她趣味低下——"那种自幼在宫廷中长大的上流贵妇身上所散发出来的"恶俗。于是，她把自己关在维尔贝克庄园里，从此闭门谢客。

一提到玛格丽特·卡文迪什，人们所联想到的画面是何其孤独凄凉又杂乱无章啊！就像花园里的黄瓜藤四处攀缘生长，铺天盖地的瓜蔓使得园子里的玫瑰花和康乃馨全都窒息而亡。一个曾经直言——"世界上最有教养的女人，就是那些头脑最开化的女人"——的女作家竟会沦落到整天疯言疯语、虚掷生命的地步，她在一片昏昏蒙蒙的意识泥潭里越陷越深，甚至她每次出门时，人们都来围观她亲自驾驶的四轮大马车，真是一个陨落的天才啊！显然，这位肆言如狂的贵妇人成了畸形怪物，人们借此吓唬那些冰雪聪明的女孩子。我依稀记得，我一面回忆着，一面收起公爵夫人的书，随后又打开了多萝西·奥斯本的一本信札，她在一封写给坦普尔的信中谈到了这位公爵夫人的新书——"当然，这个可怜的女人最近有点精神恍惚，想必她以后再不会痴心妄想了，谁还敢去著书立作、吟风咏月呢。尽管我这两周以来难以入眠，但我决不冒此风险。"

由此可见，但凡理智谦逊的女人，都不会去执笔写作。多萝西也有一颗敏感而忧郁的心灵，但性情却与公爵夫人大相径庭，她果真一生不著一字。写信不算数。一个女儿坐在父亲病榻旁也能写信。她还可以乘着男人们聊天时，自己坐在炉火边写点东西而不至于打扰他们。奇怪的是，我一边翻阅着多萝西的信件，一边若有所思，这个没有受过系统教育、活在寂默无声中的女孩是多么有天赋啊，一个个妙句她信手拈来，一幕幕场景描写对她来说简

直易如反掌——且听她在日记里继续滔滔不绝地说道:

　　吃过午饭,我们坐在那儿聊天,一直聊到了关于 B 先生的话题;然后,我起身告辞。白天烈日当头,我通常在屋子里阅读或工作,到六七点钟时,我就去附近的公共绿地散散步。草地上有很多牧羊女和放牛妹,她们坐在树荫下唱着民谣;我走上前竖起耳朵仔细听,并把她们的天籁之声和青春之美与我所读书中的古代牧羊女进行比较,发现真是天壤之别啊,但请相信我,我觉得她们和诗中人一样天真无邪。与她们闲聊时我有一种感觉,这群姑娘俨然是这世上最幸福的人,只不过她们自己对此浑然不觉罢了。十有八九,我们聊天聊到一半时,那个暗暗盯着奶牛的姑娘会朝四周瞄一眼,要是瞥见有哪只奶牛溜进了麦田,她们就会一溜烟地跑过去,好像个个脚后跟都生了一对翅膀似的。我的动作没那么麻利,只得慢慢跟在后面走。当我看到姑娘们赶着牛群和羊群回家时,我想我也该回去休息了。晚饭后,我走进花园,走到一条流经花园的小河边坐下,此刻我多么希望你就在我身旁……

肯定有人会打赌说多萝西很有写作天分。但是她本人却说："尽管我这两周以来难以入眠，但我决不冒此风险。"纵然一个女人在写作领域慧根深厚，她也会说服自己相信女性写作是滑天下之大稽，甚至是作者本人疯疯癫癫。我们看到当年怪事迭出，由此就能估量女人写作遇到了多么大的阻力。现在，我们该换本书了。我继续寻找着，把一小卷多萝西·奥斯本的作品放回书架原处，又换了一本贝恩夫人所写的书。

让我们和贝恩夫人一道，在文学之路上拐个大弯吧。暂且告别那些踽踽独行的伟大女性，她们被埋没在一堆堆对开本日记里，自我幽闭于一座座庄园庭院中，在一种无人阅读、无人评论的氛围中笔耕不辍，自得其欢。现在，我们一起来到城里，看一看大街上与我们摩肩接踵的芸芸众生。贝恩夫人是一位中产阶级女性，不乏诙谐风趣的个性，也具有那种活力充沛、无畏无惧等平凡人的美德。由于丈夫先行离世，加之其本人早年冒险行事不计后果，她被迫靠着自己的机智才思养家糊口。她的工作强度与男人不相上下，不得不年复一年焚膏继晷地工作，终于过上了一种怡然自得的生活。一个女人能自立门户这个事实远比她所写的任何文字更重要，甚至超过她那些妙语连珠的诗行："我创造了一千个殉道者"或"胜利狂喜中的爱神"，因为自此她为我们打开了一道自由意志之门，或者更确切地说，随着时间的推移，人类心灵将可以自由地书写自己喜欢的任何东西。既然阿芙拉·贝恩已经做到了，那么女孩们就可以跟自己爸妈说，以后不要给我零用钱了，我能靠写作赚钱。当然，在随后到来的漫长岁月里，这个答案都是肯定的，像阿芙拉·贝恩那样活着！否则，生有何欢，死又何惧！于是，有人砰地关上屋门，比以往任何时候关得更加迅速。关于男权社会所设定的妇女贞操价值以及这种价值观对女性受教育水平的影响，值得认真讨论一番。假如格顿学院或纽纳姆学院有某个学生愿意深究其根源，必定会写出一本异趣横生的书。至于那位全身上下缀满钻石的达德利夫人，她端坐在一群苏格兰沼泽地的小矮人中，或许可以担纲卷首插图的女主角。这位夫人前几天刚过世，当时《泰晤士报》报道说，达德利勋爵是"一个温文尔雅、颇能建功立事的绅士，他天性仁慈善良，为人慷慨大方，只不过此人一向独断独行，行为离奇古怪。即便住在人迹罕至的高地狩猎小屋，他也坚持让妻子身穿盛装礼服，把她全身上下镶满闪闪发光的珠宝"，以及诸如此类的文字，"他一直为她倾尽所有——除了委以重任的家庭职权"。后来达德利勋爵中风了，此后多年她一直悉心照料他，并拥有无与伦比的权限统治着整座庄园。这种让人大开眼界的男权专制居然也发生在 19 世纪。

不过，让我们言归正传。阿芙拉·贝恩的例子足以证明，或许女性舍掉某些讨人欢心的品性后，就可以靠写作赚钱谋生。从此，写作不再仅仅是一种愚不可及和精神紊乱的症候，而且逐渐具有了自身实用价值，尤其当丈夫撒手人寰或家庭突遭变故之际。随着 18 世纪社会发展，数以百计的女性都多了一笔私房钱，她们可以通过翻译或写小说来拯救自己的家庭，虽说这类小说数量庞大，但文笔生硬，以至于在教科书中也鲜有提及，它们只能躺在查令十字路上那些写着四便士一本的箱子里等着被人捡走。到了 18 世纪晚期，出现了一个极为激进、暗潮涌动的女性团体——围绕着莎士比亚，她们组织了一系列的座谈、沙龙、评论、翻译等文学活动——这些活动正是建立在一个安如磐石的事实基础上，即女性可以通过写作赚钱。

亏得有了润笔之资，否则写作永远只是轻狂之举。有了稿酬，写作就有了尊严。就算被人嘲笑为一群"喜欢舞文弄墨的蓝袜子"或许也还不错，毕竟不可否认的是，她们能把真金白银装进自己的口袋。因此，18世纪末期风云渐起。假如我能重写历史，我定会更全面地描述、更深刻地反思这场运动，将其历史意义置于十字军东征或玫瑰战争之上。

此时，中产阶级妇女开始动笔写小说。如果说《傲慢与偏见》举足轻重，而且《米德尔马契》《维莱特》《呼啸山庄》也同样不容小觑的话，那么，这些书的沉重分量远非我一小时的演讲就能证明：女性群体，不仅是某个在乡间别墅里画地为牢、茕茕孑立的贵族女子，她的身边只剩下一堆对开本和马屁精，而是作为普罗大众的缩影，她们开始以写作为生。假如没有这些先驱者，简·奥斯汀、勃朗特三姐妹和乔治·艾略特的写作之路想必还是巉岩突兀，同样地，假如莎士比亚离开马洛的铺垫、马洛缺少乔叟的陶染或者乔叟没有那些无名诗人的遗音作伴，他们的文学征途想必仍有千沟万壑——这些无名之璞为后人铺平了道路，驯服了原本野蛮、自然生长的语言。

因为即便大师也做不到独木成林，任何杰作都是人类多年苦思冥想的共同结果，借由整个人类群体参与才得以完成。因此，天才之声的独唱少不了集体经验作为和声背景。简·奥斯汀应该为范妮·伯尼的墓碑献上花环，而乔治·艾略特应向伊丽莎·卡特留下的浓密树荫致敬——这位老太太人已暮年仍不失勇士之心，她在床架上系了一只铃铛，以便有人叫醒她早起学习希腊语。所有的女人都应该去一趟阿芙拉·贝恩的墓地，为她撒下一阵花瓣雨。阿芙拉死后被安葬于威斯敏斯特大教堂，尽管此举遭人毁谤，但也实至名归，因为正是她为女性赢得了表达自己想法的权利。正是她——尽管她是一个天性风情万种、令人疑窦丛生的女人——让我今晚能在这里对诸位坦诚相告：凭借你们自身的才智一年挣五百英镑，这并非痴心妄想。

　　这里摆放的都是 19 世纪初期出版的作品。就在这里，我第一次发现女性作品占据了好几个书架。但是，经过一番仔细打量，我不禁要问，为何除了极少数例外，它们都是清一色的小说？她们最初的创作冲动是写诗。女诗人便是"这世间最婉转的善歌者"。无论在法国还是英国，女诗人都比女小说家地位更高。此外，我端视着眼前这四位名满天下的作家作品，任凭我的思绪游走其间，乔治·艾略特和艾米莉·勃朗特有何共同点？夏洛蒂·勃朗特不是对简·奥斯汀有一种雾里看花的感觉吗？除了一生无子这个可能相关事实之外，她们之间毫无共同点。今夕何夕，这几位个性鲜明又格格不入的文学人物竟然在同一个房间里相遇了——如此机缘巧合，让人忍不住遐想她们之间有一场面对面的心灵对白。然而，由于某种鬼使神差的力量，她们拿起笔时都被迫写起了小说。我有个疑问，这与她们中产阶级出身有关吗？艾米丽·戴维斯小姐后来证明了一个令人愕然的事实，即 19 世纪初的中产阶级家庭只有一间会客厅。倘若一个女人要写作，她就必须在公共会客厅里奋笔疾书。而且，正如南丁格尔小姐如此愤愤不平地抱怨的那样，"女人从没有哪怕半小时……她们可以称之为只属于自己的时间"——她一天到晚难得清净。通常，在客厅里写散文和小说总比写诗或戏剧更得心应手，因为无须那么全神贯注。简·奥斯汀就这样一直写到生命最后一息。她的侄子在《简·奥斯汀回忆录》中写道："她究竟是怎么完成这么多作品的，真是不可思议，因为她没有一间独立书房可用，而且大部分小说肯定都是在共用客厅里完成的，躲不开各种出其不意的干扰。"她写作时小心翼翼，唯恐自己所做之事引起用人、访客或家庭聚会成员以外的任何人的怀疑。简·奥斯汀把手稿藏在别处，或者用吸墨纸遮掩一下。不过话说回来，19世纪初叶的女性所接受的全部文学能力训练不外乎就是观察人物性格、分析内心情感。几个世纪以来，女性的文学感性一直囿于共用客厅的范围之内。始终萦绕她心头的是普通人物的情绪起伏；总是摆在她面前的是人情世故。因此，当中产阶级女性开始从事写作时，她自然会在小说上小试牛刀，不过，这里提到的四位女小说家中有两位盛名之下，其实难副。艾米莉·勃朗特本该去写诗或戏剧的；至于乔治·艾略特，只有当她把随性而起的创作热情挥洒于历史或传记时，作家那种澎湃如海的宽阔胸怀才会显露无遗。然而，她们都选择了小说之路；即便如此，我们尽可夸她们写的小说惟妙惟肖，我一面说着，一面从书架上取下一本《傲慢与偏见》，还不妨说《傲慢与偏见》的确是一本百读不厌的书，这个评价既非女性自吹自擂，也不会令异性痛心疾首。无论如何，不会有人因为写《傲慢与偏见》时被当场抓到而感到无地自容吧。不过，简·奥斯汀倒是乐于听见房门铰链吱呀作响，这样她就能抢在有人进来之前把手稿藏好。对《傲慢与偏见》的作者简·奥斯汀而言，写小说是一桩斯文扫地的事。而且，我在琢磨，假如简·奥斯汀当时觉得不必对访客隐藏自己的手稿，那么，《傲慢与偏见》会不会更有行云流水之妙？我读了一两页加以揣摩；然而，并没有发现任何蛛丝马迹，可以借此证明她的创作环境拖累了她的行文风格。这或许正是这本书最神乎其神的地方。这就是一八〇〇年前后一位女作家的创作心态：她心中不存芥蒂，不忧不惧，从不唉声叹气，也不与人争执，更不好为人师。莎士比亚的写作状态也是如此，看着手中的《安东尼和克利奥帕特拉》，我心生感慨；人们常把简·奥斯汀和莎士比亚相提并论，大概是因为两人都滤除了一切思想杂质；缘于这种思无邪，我们不了解简·奥斯汀本人，也不了解莎士比亚本人。也正是缘于这种思无邪，灵魂在书中无处不在，简·奥斯汀如是，莎士比亚亦如是。要说简·奥斯汀真有什么地方受外界影响的话，那就是她始终无法摆脱狭小逼仄的生活圈子。在那个时代，女性不可能单枪匹马浪迹天涯。她从不曾出远门旅行；她从不曾乘坐公共马车横穿伦敦，也不曾独自一人在店里享用过午餐。但或许简·奥斯汀天性淡泊，对自己没有的东西从不奢求。她的天赋基因和她的成长环境完全匹配。不过，我怀疑夏洛蒂·勃朗特是否也有如此随遇而安的心性，我一边说着，一边翻开了《简·爱》，把它与《傲慢与偏见》摆在一起。

当我随手翻到小说第十二章时，我的目光一下子被这句话吸引住了，"谁都可以随意指责我"。他们为何要责怪夏洛蒂·勃朗特呢？这让我困惑不解。接着，我读到简·爱常常趁着费尔法克斯夫人熬果酱时，爬上庄园屋顶极目眺望，她的目光总是越过苍茫田野，望向遥不可及的远方。随后，她不禁心生向往——正是这种对远方的渴望，让他们觉得她不可原谅——

那时，我渴望拥有一种超越地平线的目光，这样我就可以一眼望见繁华世界，望见那些仅仅是耳闻却不曾目睹的生气勃勃的城镇和地域：那时，我渴望阅世更深，掌握更多实际经验；遇到更多心有灵犀的知己，结识更多个性迥异的朋友，而不仅仅是苟且残生。我敬重费尔法克斯夫人德行方正，珍视阿黛尔纯真无邪；但我相信世上还存在其他更多令人动容、美若繁星的善良人性，凡我内心笃信的，我都想亲眼见证。

有谁责怪我？当然有很多人，他们都说我不懂知足常乐。但我抑制不住内心激情：这种躁动不安的天性有时也令我的心隐隐作痛……

凡人应该心如止水安于现状，这句处世箴言其实徒劳无功：人类必须付诸行动；假如这种心安神谧的生活迄今也未找到，那就自己动手去创造。数百万人被厄运终身囚禁，所处的炼狱比我的更深，数百万人无声无息地与命运搏击而不愿沉沦。谁也不知道在人类身处的洞穴之中、在一团混乱的生命土壤之中到底埋藏着多少骚动不安的种子。都说女人应该安之若素过一生：但她们和男人一样有血有肉有感情，和她们的手足兄弟一样，也需要一方天空挥舞天赋之翼；正如男性若被囚于铜墙铁壁之中，势必也会郁闷不得纾解，女性同样无法忍受这种一成不变、死水一潭的人生；而那些享有更多特权、心胸并不开阔的人类同胞们却说，女性本应心无旁骛，埋头做布丁、织绒线袜、弹奏钢琴以及在手提袋上绣绣花。倘若女性开始尝试循着天性而非习俗去开拓自我，人们动辄谴责或嘲笑她们所做的努力，则失之轻率。

　　当我独自一人的时候，我经常听到格蕾丝·普尔在放声大笑……

　　我想，这种纷扰真是令人不知所措，格蕾丝·普尔的笑声打断了静谧独处，突然搅乱了思路。有人可能猜测——我一边把这本书放在《傲慢与偏见》旁边，一边继续揣度着——有功底写出这几页文字的女性肯定比简·奥斯汀更有天赋；但是，假如我们重读一遍，细察那些思路断裂之处，留意那种郁结于心的怒火，就会发现勃朗特永远无法完整呈现自己的写作天赋。她的文风因而变得诡形谲状，那些本该从容细述的地方，反将沦为怒笔写成的急就章。本该口吐莲花的地方，却显得笨嘴笨舌。本该潜入人物内心的地方，作者却只顾自说自话。因为她时刻都在与自己的命运短兵相接。她怎么能不英年早逝呢，怎能不化作一片忐忑不安的落英？

　　我们不妨假想一下，假如夏洛蒂·勃朗特拥有一年三百英镑的版权收入，将会发生什么——但这个不谙世故的女人仅以总价一千五百英镑就彻底卖掉了她的小说版权；倘若她当时见识过人间繁华，抵达过那些生机勃勃的城市和地区，经历过更多现实磨砺，结识了更多心心相印的知音和形形色色的同路人，那将会怎样呢？她自己一语道破天机，不仅点出身为小说家的短板，而且也触及同时代女性内心最柔软的地方。没有人比深陷其中的她更加明白这点，假如天才的种子不死，没有在孤独中化为一抔春泥，假如她不是仅仅沉醉于越过荒野飞向新世界的幻象，假如她能如愿离家远行，交游天下，抵达那些原本可望而不可即的地方。那么，她的文字世界将是何等枝繁叶茂啊！但是，她的祈愿迟迟等不到应许，犹如石沉大海；我们不得不接受这个事实：所有像《维莱特》《爱玛》《呼啸山庄》《米德尔马契》这样笔墨酣畅的小说，都出自涉世未深的年轻女性之手。至于作者们的生活范围，一般不超过一座令人肃然起敬的牧师宅邸的方圆几公里；她们的创作环境也不会比那种宅子里的共用客厅更宽敞体面，而且她们大都像《呼啸山庄》或《简·爱》的作者一样捉襟见肘，清贫到有时一口气买不起几刀纸。当然，其中一位名叫乔治·艾略特的女作家侥幸逃脱重重厄运，但也只是逃到了圣约翰森林中一处人迹罕至的乡间庄园。在那个非议四起、愁云密布的时代，她只得避世而居。"但愿人们能够理解，"她在书中写道，"我决不再邀请任何人来这里做客，除非有人请求登门拜访。"莫非她当时已与某位已婚男士堕入罪恶泥沼？那么，看她一眼会不会有损史密斯夫人或其他偶遇之人那不染纤尘的德行呢？女人必须循规蹈矩，并且一定要"远离所谓的花花世界"。与此同时，在欧洲的另一边，有一个年轻人时而与吉卜赛人四处流浪，时而与贵妇人共享浪漫时光，时而奔赴战场。他可以不受任何阻碍地收集各种各样五彩斑斓的人类生活经验作为写作材料，没有人对他步步盘查，正是这些材料日后成为一座供他构思时取之不尽的经验宝库。倘若托尔斯泰终其一生都只能与一位已婚女士在隐修院里离群索居，过着所谓的隔断红尘三千里的生活，无论这种生活带来的道德训诫多么发人深省，我也认为他多半写不出《战争与和平》这部巨著。

然而，我们或许可以更深入探究一下小说创作的奥妙以及小说家性别对自身事业的影响。让我们闭目凝神，姑且把小说视为一个整体，它颇似一面有几分模糊的镜子，隐约折射出世界的面孔。尽管无数次镜中成像总是删芜就简，流于空泛而且失真，但是，小说创作是一种人类思维的构筑。这种想象的投影千变万化，一会儿是四方形的，一会儿是宝塔形的，一会儿这里伸出侧翼和拱廊，一会儿那里又露出犹如君士坦丁堡的圣索菲亚大教堂那般宛若天成的穹顶。我回想起那些妇孺皆知的小说，它们总会自然而然地激起人们心中某种情感与之相和，但这种情感旋即又与其他情感水乳交融。因为"心灵投影"并非石头与石头之间的冷漠对话，而是需要诉诸人与人之间的纽带关系。因此，一部小说往往会在我们内心世界掀起一层层感情波澜。于是，激越澎湃的个体生命与冰冷死寂的小说框架起了冲突，从而导致人们就小说优劣总是莫衷一是。同时，我们的个人偏见也会左右我们的判断。一方面，我们爱之欲其生，觉得你——男主人公约翰——必须活着，否则我将坠入绝望的深渊。另一方面，我们觉得，唉，约翰，你必须死，因为整篇故事设定如此。在这里，叙事框架的无情与生命的热情之间形同冰炭。既然小说人物在某种意义上被赋予了生命，那么，我们就姑且将其视为一个鲜活的生命。有人说，詹姆斯是那种我最深恶痛绝的卑鄙小人。抑或有人说，这是一场荒谬透顶的人间闹

剧。我本人倒是从来不作如此评判。回顾一下任何一部名
著吧，无须赘言，整个作品结构都极其恢宏又无比纷繁，
因为它是由许多迥然不同的判断和错综复杂的情感交织
而成的。奇怪的是，任何一本如此构造的小说都能经得起
一两年以上的品读，或者说，无论是英国、俄罗斯还是中
国读者，都很可能会产生某种心灵共鸣。但是，只有在极
个别情况下，最精粹的作品才会流芳百世。在这些极其罕
见的、经得住岁月淘洗的幸存作品之中（我当时想到的
是《战争与和平》），那种让它们永远立于不败之地的
品质，我们称之为正直不阿。不过，这种品质无关账单
是否结清，也无关乎此人临危之际是否表现得令人钦佩。
就小说家而言，正直的含义就是作家告诉人们世间真理
且对此笃信不疑。大家读后会觉得一点儿不假，怎么自己
从没有想过会是这样呢，也从没料到有人会如此行事。但
你确实让我相信，人性本来如此，世事亘古如斯。在阅读
小说时，我们通常会用心灵之光映照书中每一句话、每一
幕场景——因为自然之神似乎赋予了我们某种内在光芒，
用来评判小说家是忠于真理还是曲意逢迎，这种直觉判断
真是不可思议。抑或更确切的说法是，大自然以一种最不

可理喻的古怪方式，早已用一种隐形墨水在人类心灵墙壁上摹画了某种先兆，只等伟大的艺术家们前来印证。那是一幅看不见的真理速写，但只要一点点天才火光就能令其显形，浮于人眼。一个人用自己的天赋之光照亮了它，见证了它栩栩如生地呈现眼前，当下一刻，这人欣喜若狂地喊道，这正是我感同身受的灵魂表达啊！这么多年来，我一直心知其意、朝思暮想但又寻不见它的踪迹。于是，我们心花怒放，甚至怀着一种崇敬之心合上书页，仿佛这本书本身价值连城，简直就是一座余生随时可以来寻找秘笈的宝库。我一边说着，一边捧起《战争与和平》把它放回属于它自己的宝座。从另一个角度看，倘若某些作品中的句子写得七零八落，就会经不起人类灵性之光的验证。虽然它们装腔作势给人眼前一亮的第一印象，但这些幻影般的热烈反应很快就荡然无存，反而会从此裹足不前，似乎有什么东西绊住了小说家思想的脚步；或者说，倘若这位艺术家只能照亮那幅速写的一两处墨渍或涂鸦，但无法完整无缺地显现真理之象，我们便会失望地叹一口气说，又一次折戟沉沙啦，这部小说不知在哪儿触了礁。

当然，小说有时难免会有草草收场之嫌。作者顶着巨大的压力，拖着想象的翅膀在地上蹒跚而行。此时，洞察力已似云山雾罩，世间的真真假假再也看不明了，再也没有力气在精神世界里跋山涉水了，每时每刻都要绷紧每一根神经，还要拨动多少根心弦才能发出那天才之音啊。不过，看着《简·爱》和其他摆在一排的书籍，我不禁感到疑惑，小说家的性别是如何影响其写作风格的？现实生活中的性别会以某种方式干扰女小说家应有的诚实正直吗？而这种拒绝虚伪自私的艺术伦理，在我眼里正是作家的脊梁。唉，在我刚才援引的《简·爱》片段中，显而易见，一团怒火正在吞噬夏洛蒂·勃朗特作为小说家本有的正直无私。在本该专心专意讲故事的地方，她转而念叨起个人恩怨。她回想起那时自己缺乏应有的亲身经验——她的心灵渴望在沧溟无际的世界上自由漫步，身体却困守在牧师宅邸中缝补袜子。于是，她的想象力急转直下，怒而离去，我们也的确感到它陡降了。但除了愤怒之外，还有更多外因在牵引她的想象力，最终使其偏离本意，譬如，对世界懵懂无知。罗切斯特的画像是在茫茫黑暗中完成的。我们感受到某种恐惧如影随形，正如我们不断感受到那种心理压抑所带来的尖酸苦楚，在她猖狂恣肆的激情表象之下，埋葬着一堆痛苦余烬，这种郁积已久的情绪一旦爆发，不论多么高妙的文才也会因心灵刺痛而扭曲变形。

既然小说与现实生活彼此呼应，那么，在某种程度上，小说本身的价值就是具有现实意义的。不过，显而易见的是，女性的价值观往往与其他性别所秉持的价值观判然不同；这事本来合情合理，但男性价值观却独霸一方。大致来说，足球与体育是"生活要事"；至于赶潮流、买衣服之类的，则属于"人生琐事"。这些价值观不可避免地从生活转移到了小说中。评论家认为这本书微言大义，因为其内容涉及战争；那本书则微不足道，因为它描述的是客厅里的女人们如何感情用事。战争场景远比商店情景更为重要——这些对人生价值仅因性别差异而做出不同评判的人一直阴魂不散，不仅无处不在，而且这种价值偏差更加让人难以觉察。因此，19世纪初叶小说整体结构此时已经浮出水面，若以一位女性观察者的角度来看，它缘起于一种稍微偏离正统的思维，这种思维方式迫于外部权威而不得不改变其原本清晰的文本构思。人们只需浏览几本被世人遗忘的旧小说，听听女作家叙事的语调，就不难领悟到她当时正遭受非难；某些段落之所以要这样写或那样写，要么是因为好斗情绪激起了写作亢奋状态，要么是为了与世界达成和解。她在书中坦承自己"只不过是个女人"，或者愤然抗议说自己"与男人相比毫不逊色"。她受人诟病是因为其天性禀赋使然，有时妄自菲薄、凡事逆来顺受，有时却又愤然作色，对某事不依不饶。到底是针对哪件事并不重要，因为她另有心事。她的作品如同果实落在我们头上。这类书的内核都有一道裂口，让我想起伦敦二手书店里散落一地的女性小说，就像果园中那些布满斑点、悄然落地的小苹果。正是果核的裂伤使其果肉腐烂了。为了迎合别人的价值观，她抛却了自己珍视的东西。

但是，当时女性的立场不得不左右摇摆，否则何其艰难啊！在那个彻头彻尾的父权制时代，风雨如晦，批评之声不已，女性若要坚持自己的看法而且不惧交锋，那得需要多少天才光芒、多少正直品性才能傲雪凌霜啊！只有简·奥斯汀和艾米莉·勃朗特这两位作家做到了这点。这是插在女帽上引以为傲的另类羽饰，或许是其中最斑斓夺目的两根羽毛吧。她们的笔触具有女性特质，而非复刻男性笔风。在当时写小说的成百上千名女性之中，唯有她俩写的小说一枝独秀，完全无视那些没完没了的卫道士们所告诫的恒常之道——只能这般写，只作如是念。唯有她们二人拒绝听从那个固执己见、好为人师者的声音，那声音时而怨天尤人，时而降贵纡尊，时而不可一世，时而悲不自胜，忽而无比震惊，忽而离奇愤怒，忽而又化为不乏长辈风范的慈和之音，那声音终日不绝于耳，就像一位一丝不苟的家庭女教师一样紧紧盯着她们，让人片刻不得安宁。同时，还像埃格顿·布莱吉斯爵士一样，要求她们文风务必典雅高贵，甚至不惜把诗歌批评拖入性别批评的泥淖。[1] 他谆谆劝诫女作家：若想写得合乎规范并赢得闪耀奖杯，我本人认为，女作家还需把写作限定在有关绅士认为合适的范围之内——"女小说家必须勇于承认自

---

[1] "她有一种形而上的创作意图，但这种痴迷不悟的玄学倾向危机四伏，尤其是对于女作家而言，因为她们很难像男性作家那样正常而合理地热爱雄辩之术。由于性别差异而造成了女性修辞技巧的匮乏，确实不可思议，在其他方面女性作品则显得更接近原始本能，也更加物质至上。"——《新标准》，1928 年 6 月。

身性别所造成的局限性，才有望成为一时之秀。"① 简而言之，如果我告诉诸位，这句话不是在一八二八年八月写的，而是在一九二八年八月，我推测你们在震惊之余，一定会同意我的看法，对于当今时代的我们而言，尽管这番劝导只不过是一桩我们早已释怀的旧闻趣事，但在当时却代表了大多数人的普遍观点——我无意再去搅乱一池静水；我今天获得的一切皆为命运所赐，归功于我所立足的时代——而在一个世纪以前，持此观点的群众数量要庞大得多，他们的声音也比现在更加高亢激昂，更加直言不讳。一八二八年，一位年轻女性需要拥有一颗百毒不侵的心，才能抵挡所有这些冷言冷语、无端苛责以及获奖承诺的诱惑。她一定是个手持火炬之人，并且告诉自己，哦，文学是这些人收买不了的东西，和我的心一样。文学，它对所有人都敞开大门。尽管你是仪仗官，但我不允许你把我从草地上赶走。即便你可以如愿地锁上所有图书馆的

---

① "即便你们也像那位记者一样，认为女性小说家只有勇敢地承认自身性别的局限性，才能写出卓尔不群的大雅之作（简·奥斯汀已经证明，这种女性写作姿态是多么优雅动人，她的写作技巧又是多么炉火纯青……）。"——《生活与书信》，1928 年 8 月。

门，但是这个世界上没有一扇门、一把锁或一根门闩，可以锁住我自由的思想。

然而，无论是因为作者灰心丧气，还是因为作品成了众矢之的，这些因素对女性写作所产生的不良影响——我认为它们的确带来了严重影响——若与她们（我仍在考虑那些19世纪早期的小说家）所面临的要把大脑中的思想转化为纸上文章的困难程度相比，几乎不值一提——那就是女性小说创作缺乏文学传统的支持，或者说，女性文学传统是如此简短且片面以至于她们几乎一筹莫展。因为，虽然我们身为女人，但我们仍会通过母亲来追忆往昔。不过，身为女作家，可不要指望有哪位男作家对你施以援手，虽说阅读他们的作品是那么令人心旷神怡。兰姆、布朗尼、萨克雷、纽曼、斯特恩、狄更斯、德·昆西——不管是谁——这些男作家从没有提携过任何女作家，不过，她或许已经学会博采众家之长来打磨属于自己的作品。对于女作家而言，男性创作思想显得过于沉重压抑，笔调和节奏又过于狂放高亢，与她自身思维特性相去甚远，导致她无法从他们那里获取任何堪称真材实料的写作经验。二者如此悬殊，甚至连学模学样都难以做到，遑论一板一眼地习得其中精髓。或许她一落笔就会遇到创作上第一个苦恼，没有一个现成句子作为前人成果可以与她共享。所有像萨克雷、狄更斯和巴尔扎克这样的伟大小说家，个个写得一手自然流畅的好文章，文风轻盈如燕但从不草率，富有表现力但从不奇货可居，保留自身的奇光异彩，但同时又不失为一项人类心灵的共同财产。他们按照当时风行的格调遣词造句。19世纪初流行文体大致如下："他们作品的伟大之处在于总会引发争议，不是一决高下就能从此平息，而是可以让人们永远争论下去。最能为其带来创作兴奋感与满足感的莫过于运用艺术手段去呈现数不尽的真理与美的化身。成功激励人们全力以赴；习惯有助于人们立于不败之地。"这就是出自男性作家笔下的句式。约翰逊、吉本和其他人也用这种文笔写作，但是，这种行文风格并不适于女性写作思维。夏洛蒂·勃朗特有着出色的散文天赋，但这天赋在她手中犹如一柄过于笨重、未经打磨的剑，使其一路走来跌跌撞撞并最终跌倒在地。乔治·艾略特恃才傲物，恣意挥霍才华，此非笔墨所能尽述。简·奥斯汀对天赐之资不以为意，她一面审度它、嘲笑它，一面为自己量身定做了一种自然匀称、优美至极的句式，而且从来不曾稍有偏离。因此，尽管她的先天禀赋不足以让她像夏洛蒂·勃朗特一样下笔成章，但她的经典之作却被世世代代传颂。事实上，既然艺术的本质在于自由自在且酣畅淋漓地表达思想，那么，一脉相传的传统是如此难觅，得心应手的工具又是寥寥无几，这些因素一定对女性创作产生了极其恶劣的影响。此外，一本书并不是由首尾相连的句子串联而成，而是由句子构成书的拱廊或穹顶（假如这个意象有助理解的话）。至于书的构造，也是基于男人自身需要搭建而成的。若认定史诗或诗剧的形式一定就比散文体的句子更适合女人，纯属无稽之谈。然而，当女性开始成为一名职业作家时，所有古老的文学形式都在时间长河里沉淀为一堆死气沉沉的东西了。只有小说这种形式依然年轻，尚未僵化到让她无法塑形的地步——这或许是女性选择写小说的另一个原因。然而，谁能断言，即使是现在的"小说"形式（我自己也意识到这种形式有不尽如人意之处，因而此处用引号来标记），就算小说是所有文学形式中最灵活善变的一种，就一定适合女性风格吗？毫无疑问，一旦她的想象力可以无拘无碍地大显身手，我们会发现经过一番推敲，独具女性风格的小说已经初步成形。这种新形式，为其充满诗意的灵魂提供鼓翼飞行的机会，但未必一定是以诗歌为翅膀。迄今为止，这种如诗一般美的文字一直蛰伏在女性心底，却始终找不到途径释放。我继续思考着，今天的女性如何才能写出充满诗情画意的五幕悲剧？她还会用韵文体创作吗——难道她不会改用散文体吗？

然而，这些创作难题依然隐伏在未来艺术的黎明光线中静候着我们。现在，我必须先把这些问题搁在一边，只不过是因为它们一旦激起谈兴，可能会导致我偏离主题，从而误入人迹罕至的文学丛林，在那里我说不定会迷路，很可能随时会被野兽吞噬。谈论未来文学，这并非本人所愿，我相信诸位也不希望我提出这个非常令人沮丧的话题——小说的未来。因此，我只想在这里稍作停顿，提请大家注意一点，就妇女的身体状况而言，小说在未来必能独当一面。在这里，我想冒昧地发表一下个人看法，一部作品必须以某种方式适于作者身量。女性小说应该比男性同类作品更加短小精悍，更加浓缩精华；此外，还要鲜明地勾勒出框架，这样她们就无须每次长达数小时毫不间断地工作。至于写作中的干扰，总是免不了的。同样，男性和女性连接大脑的神经系统似乎也有差异，假如你想让她们不遗余力绽放才华，那么，你必须找出适合她们的解忧之法——譬如，僧侣们在数百年前设计的个把钟头长度的讲座形式或能合乎要求——她们需要什么样的作息方式呢，倘若不把休息当作无所事事，而是做些截然不同的事；二者又有何分别呢？所有这些问题都值得深入讨论，层层面纱有待我们揭开；这些问题都只是女性与小说研究的冰山一角。我再一次走向书架，一边走一边继续说道，但哪里才能找到一位女学者对女性心理所做的详尽阐述呢？不许女性踢足球的理由是她们体格孱弱，会不会出于同样理由，女性也不被允许行医——所幸的是，一个偶然发现给了我新的思考方向。

五

　　在这种漫无目的的闲逛中，我终于遇到了一排摆放着至今仍健在的作家著作的书架。藏书按男女作家归类，因为当代女性所写的书几乎和男性的一样果实丰硕。或者说，即便实际结果并不尽然，即便男性作家一如既往口若悬河，女性的写作体裁也不再局限于小说了，这个说法信而有证。简·哈里森的著述领域是希腊考古学；弗农·李研究的是美学；格特鲁德·贝尔所撰著的书籍是关于波斯文化的。还有很多主题缤纷的书籍，不一而足，而在上一代人之前，这些都是女性写作不可能涉猎的范围。从诗歌、戏剧到文艺批评，到历史典籍到人物传记，从旅行札记到学术研究专著，甚至有些作品还涉足科学、经济学和哲学。尽管小说独领风骚，但其本身很可能早已兼收并蓄不同领域的创作之美，最终蜕变成蝶。女性写作的史诗时代，那种长于见素抱朴的小说风格，或许已成明日黄花。当代阅读和批评方式会令她眼界大开，璞玉得琢。对于自传体小说的创作冲动也会随之消退。她可能开始把写作当作一种艺术形式，而非纯粹表现自我的方式。就在这类新小说中，或许会找到上述几个问题的答案。

　　我随手从书架上取下一本来读。这本玛丽·卡迈克尔的著作，就摆在这一排书架尽头，碰巧是今年十月刚出版的，书名为《人生奇遇记》或类似标题。这好像是她写作生涯的第一本书，我喃喃自语道，但人们说不定会把它当作一系列作品的压轴之作，且与我目光掠过之处的漫漫长卷彼此相连——温奇尔西夫人的诗歌、阿芙拉·贝恩的戏剧和前面提及的四位名家的小说。尽管我们惯于分门别类鉴赏作品，但作品本身其实是薪火相传的。我还须把某个女作家——一个无名氏——视为所有女艺术家们的后裔，我一直留意观察她们的处境，这里不妨细究一下这位女作家到底师承了多少先行者的遗墨余晖，又有多少次落入前人窠臼。此时，我不由得叹了一口气，因为小说往往只是一服温和的镇痛药，而非痛苦的解毒剂，它只会让人的思维进入一种懒散迟缓的冬眠状态，而不会用烧得通红的烙铁摧残我们原本安逸的心灵。所以，我带上笔记本和铅笔沉下心来做研究，尽我所能找出玛丽·卡迈克尔的处女作《人生奇遇记》的风格嬗变之处。

首先，我把眼前这一页从头到尾浏览了一遍。我一边来回打量着文本一边说道，第一步，需要找到作者构造句子的小窍门。可是，不一会儿，我脑子里就装满了关于人物描写的记忆片段——一双碧蓝如水的眼睛、一对深褐色的眼眸以及克洛伊和罗杰之间可能存在的暧昧关系。至于作者手握的工具到底是一支墨水笔，还是一把尖嘴镐，一时之间真让人难以定夺，所以，只得先试着朗读一两句。我很快就发现，有些地方听起来呕哑嘈杂，缺乏那种一气呵成的流畅度。文中随处可见残垣断壁般伤痕累累的句子，只剩下一堆单词如同举着火把的散兵游勇，在我眼前闪来闪去。正如旧戏文里面说的那样，她是个对什么都"撒手不管"的人。我反复咀嚼着这些句子，觉得作者像在徒劳地划着一根永远也不可能划亮的火柴。但为什么呢，我问她，仿佛她此刻在场一般，难道简·奥斯汀的句式你用不了吗？难道因为爱玛和伍德豪斯先生已死，奥斯汀风格就必须跟着灰飞烟灭吗？唉，我叹了口气，或许理应如此吧。既然简·奥斯汀的小说旋律从不雷同，如同莫扎特一样不断变换歌剧曲风，那么，阅读玛丽这本小说也应该如同乘着一叶扁舟漂洋过海，要么鼓起勇气往前划，要么停下，没入浪花。如此生硬冷漠的笔触，如此上气不接下气的叙述语气，或许意味着她一直心怀恐惧，担心被当成那种“多愁善感”之人；或者她还没忘记，女性文笔曾被嘲为浮华辞藻的堆砌，于是，她就在句子中间多此一举地撒下荆棘芒刺。然而，除非我仔细读完整幕场景，否则我始终无法确定，作者究竟是叙事者本人还是故事中的其他人物。不管怎样，我的阅读热情从未被浇灭，我一面暗自称奇，一面读得更加出神入定。不过，她收集了太多事实素材，无法做到不枝不蔓，以至于这么薄薄的一本小书（篇幅长度大约是《简·爱》的一半），她连一半素材也用不完。不管最后用什么方法，她总算大功告成，把我们所有人——罗杰、克洛伊、奥利维亚、托尼和比格姆先

生 ① ——都带上了一只沿河而上的独木舟。且慢，我靠在椅背上说道，若想一路畅游，切不可轻虑浅谋啊。

几乎可以肯定的是，我自言自语道，玛丽·卡迈克尔在变戏法给我们看。这感觉像是坐火车时遇到了"之"字形拐弯，车厢前进方向并非如同料想的那样沿坡而下，而是像要折返似的突然掉头。玛丽也在刻意打乱事件发生的本来序列。首先，她打破了句子结构；接着，她又偏离了时间线的正轨。那好吧，倘若她不是为了颠覆而颠覆，而是为了艺术创作，那么，她完全有权不循常规。至于她的离经叛道到底属于哪一种情形，目前尚不能确定，必须依玛丽本人所处的情境而定。至于这种情境具体是什么，我说道，我会给她百分百的自由选择权；假如她愿意的话，她完全可以用几只白铁罐和旧水壶搭起一幕场景。但玛丽必须让我相信，这是她人生的某个特别时刻，一个可以让时空失序或句子断裂的特定瞬间，对此她本人也深信

---

① 罗杰、克洛伊、奥利维亚、托尼和比格姆先生这一行人皆是作者虚构的小说《人生奇遇记》中的人物。该作品或影射作者本人于1928年发表的奇幻小说《奥兰多》，这部自传体作品记录了主人公从16世纪到20世纪因性别转变而发生的人生故事。

不疑；一旦创造出这个虚拟世界，她就不能临阵脱逃；同时，还需要一种跳跃性思维。而且，我决心在她身边尽读者义务，倘若她能在我身边为我尽到作家之责的话。我翻过这一页，接着往下读……抱歉，读到这里，我不得不暂停一下。这里有男士在场吗？你们能向我保证查尔斯·比伦爵士绝不会躲在那幅朱红窗帘后面吗？你们担保在座的都是女士吗？那么，现在可以告诉诸位，我读到的下一句话是——"克洛伊喜欢奥利维亚……"不要脸红心跳，犹如惊弦之鸟。我们妇女协会尊重个人隐私，但并不妨碍我们承认，这类事情在生活中偶尔会发生。女人之间有时也会眷眷情深。

　　"克洛伊喜欢奥利维亚，"当我读到书中这句话时，突然意识到我的世界已是沧海桑田，不复从前。这行文字，可谓照进文学之林的第一道光。克利奥帕特拉不喜欢奥克塔维亚，否则，《安东尼和克利奥帕特拉》的剧情将会彻底改弦易张！从文学现状来看，此时我的思绪已从《人生奇遇记》中游离了出去，因为我担心人们对整个事情的看法不仅过于简单刻板，而且画地自限。倘若有人斗胆说破实情，则无异于妖言惑众。按照旧例，克利奥帕特拉对奥克塔维亚唯一的感觉就是争风吃醋。她比我个子高挑吗？她是怎么把头发梳成那种花式的？除了做一个生性善妒的女人，这出戏可能不需要女主人公身怀其他绝技。但是，倘若这两个女人之间的关系模式不这么单一死板，那么，这出戏该有多少峰回路转的阅读乐趣啊。我觉得所有这些女人之间的关系都流于简单笼统，在我沉吟之际，我的思想飞抵记忆中辉煌的文学长廊，审度着一连串虚构的女性形象。太多故事已被历史遗忘，无人愿讲，未经尝试就被作家冷落一旁。在这次阅读过程中，我尽力记住那些讲述两个女人成为一生挚友的经典桥段。《十字路口的狄安娜》已经在这片创作园地初露头角。当然，在拉辛或希腊悲剧中，她们俩只不过是闺密知己罢了。有时，两人的亲密关系形同母女。但几乎无一例外的是，正是通过分析女性与男性的关系，才使得女性间的纽带昭然可见。谁又能想到，在简·奥斯汀时代之前，小说群芳谱中的所有女性，不仅只是异性观瞻的对象，而且只与异性比翼连枝。这种仅限于异性的交往，在女人整个人生中所占比例是那么微乎其微；当男人透过架在他鼻梁上的有色眼镜——黑漆漆的墨镜或玫瑰色的性别眼镜——来观察两性关系时，他所能看到的部分真是一隅之地啊。落笔至此，小说中的女性特质或许已经洞若观火。她的本性在书中两极分化，要么美若天仙，要么丑如恶鬼；至于她的文本形象，则在天堂般的至善至美和地狱般的黑暗颓废之间摇摆不定——只因情人对她的爱乍暖还寒，阴晴不定，在男性眼中女性才会显得时而满园春色，时而闷闷不乐。当然，19世纪小说家的笔下人物并非都是千人一面。在这个时期，女性形象变得更加摇曳多姿，不拘绳墨。事实上，或许正是这种想要书写女性的创作欲望，驱使男作家逐渐放弃了充满狂暴激情的诗剧形式，转而将小说设计成一种更加包罗万象的叙事大熔炉。尽管小说世界已经万象森罗，但我们无法避而不见的事实是，即便在普鲁斯特的漫漫长卷中，男性对女性的认识也像女性对男性的认识一样失之偏颇，这种骨子里的偏见目前很难冰消雪释。

此外，我一面继续浏览玛丽创作的小说，一面补充道，这一点已经越来越明显，女性和男性一样，除了长年不衰的家庭生活兴趣之外，还有其他兴趣。"克洛伊喜欢奥利维亚。她们共用一间实验室……"我接着往下读，发现这两位年轻女性从事的工作是绞取动物肝脏，这似乎是用来制作某种治疗恶性贫血症的特效药；尽管她们俩其中一人已经结婚生子，成了——我这里应该转述得没错——两个年幼孩子的母亲。当然，所有这些细节都不得不一笔带过，因此，这幅原本精心刻画、绘声绘影的虚构女性形象，现在显得有点儿过于呆板，读起来味同嚼蜡。不妨假设一下，男性在文学世界中只能扮演女性情人的角色，而且永远无法成为其他男性的密友，一生都与战士、思想家和梦想家注定无缘，那么，莎士比亚戏剧中能分配给他们的戏份将是多么轻描淡写，而文学所遭受的重创将是多么致命啊！我们或许仍能读到奥赛罗的大部分台词，安东尼的重头戏也会保留下来；但是，将不会出现恺撒、布鲁图斯、哈姆雷特、李尔王和贾克斯，戏剧圣地将会沦为不名一文的荒芜之地。事实上，文学圣殿俨然已成废弃之城，那一扇扇对女性关上的门，我们数也数不清。倘若她陷入违背本意的婚姻，终日困守房间一隅，从事一成不变的工作，一个剧作家如何能绘声绘色或纤毫毕现地描述出血肉丰满的人物群像呢？唯有一腔挚爱，才能演绎世间万般情感。诗人迫于写作之需不得不激情四溢或满怀忧郁，除非他"憎恶女性"确实是出于个人选择，而这往往意味着对于女性而言，他本身也是个索然无趣之人。

现在，假如克洛伊喜欢奥利维亚，而且她们共用一间实验室，这件事本身就足以使她们的友谊有别于常人，更加持久坚韧，因为这种关系不再限于儿女私情。我慢慢爱上了她的某些叙事特征，要是玛丽·卡迈克尔知道举重若轻的写作手法就好了。至于她是否拥有一间属于自己的房间，尽管我还不太确定；她是否一年有五百英镑收入——这也有待证明——但我依然认为目前发生的事情非同儿戏。

因为，假如克洛伊喜欢奥利维亚，而玛丽·卡迈克尔也知道如何表达这种缱绻情愫，那么，她无异于将在这间巨大而空旷、前人未曾踏足的房间里燃起一支火把。四周被半明半暗的阴影所包围，就像我们穿越那些蜿蜒曲折的洞穴时，秉烛而行上下打量，却不知身在何处。我又重拾此书，接着往下读，刚好读到克洛伊看着奥利维亚把实验罐放在搁板上这段，她说自己该回家和孩子们待在一起了。真是旷古未有之事啊，我不由得惊呼道。因此，我也饶有兴趣地观望着情节发展。我想看看玛丽·卡迈克尔如何细心捕捉前人描写中或阙或漏的示意动作，如何把握那些闪闪藏藏或半藏半显的微妙言辞。当女性孤独自处时，那些变幻无常、斑驳陆离的异性之光便不再干扰她，这时某些手势或话语就会浮现脑海，如同天花板上飞蛾的影子一般清晰可见。倘若作者想要抓住这些细节，她就需要凝神屏气，我一面读，一面说道。因为女性对一切无端而来的关注通常都会满腹狐疑，而她们又是如此习惯于这种遁名匿迹、自我压抑的生活方式，以至于任何一个一闪而过、望向她们的眼神都会令她们噤若寒蝉。依我之见，你唯一可行的观察方法，我开口向玛丽·卡迈克尔说道，仿佛此刻她就站在我面前，就是一面谈论着其他一些与感情无关的事，一面波澜不惊地望向窗外，这样你就可以趁机记下那些迄今未被人们付诸笔端的文字，不是用铅笔记在笔记本上，而是用一种落纸如飞的速记法，当奥利维亚——这只数百万年一直在生活岩石阴影下的小小蜉蝣——感到一缕阳光照射在它身上，蓦然惊觉这一缕阳光为她带来了一种平生未曾见过的精神食粮——广闻博识、奇遇历险、文学艺术——纷纷朝她迎面走来，那么，接下来会发生什么故事呢？依我看，玛丽正试图抓住某些灵感，我再次将目光从书页上移开，如此文采斐然，以前却被另作他用，现在她需要别出心裁地利用自身天赋，在吐故纳新的同时，不忘保持故事本身跌宕起伏、错落有致的整体平衡之美。

不过，唉，这本是一件我决意不为之事，不知不觉中竟然对自身性别高奏颂歌："文采斐然"——"错落有致"——不可否认的是，它们都是溢美之词，难免有孤芳自赏之嫌，往往显得不明事理。此外，即便所言不虚，我们怎么能证明这一点呢？总不能指着一张地图说发现美洲的哥伦布，他其实是个女人；或者拿起一只苹果说，发现万有引力定律的牛顿是个女学者；又或者望着天上那些掠过我们头顶的飞机说，这种飞行器是女性发明的。墙上没有任何标尺，可以精确测量女性一生成就的高度。世上没有任何尺度，可以一英寸一英寸毫厘不差地度量母性的光辉或女儿的奉献；也没有任何刻度尺，可以丈量不离不弃的姊妹情或女人当家立纪的能力。即便时至今日，女性也鲜有机会跨过大学门槛或经受各种职业考验——无缘在陆军、海军、贸易、政治和外交领域的惊涛骇浪里检验自己。即便此时此刻，她们几乎仍然对自身未加验定的诸多才能无从知晓。但是，倘若我想了解一下某人譬如霍利·巴茨爵士的人生足迹，只需翻开《伯克年鉴》或《德布雷特年鉴》，就会查到其人荣获某个学位，拥有某处庄园府第，后嗣何人，曾任某董事会秘书，代表大不列颠派驻加拿大。至于他一生所获的若干学位、职位、奖章和其他荣誉，所有这些印在他身上的英名都是不可磨灭的。除了上苍，谁能对霍利·巴茨爵士这么了如指掌呢？

　　我评价某位女作家"文采斐然"、其小说结构"错落有致"，却无法援引《惠特克年鉴》《德布雷特年鉴》或任何大学年鉴来加以验证。本人进退两难，实为狼狈，该何去何从呢？我又抬头看了一眼书架。架上排列着一连串人物传记：约翰逊、歌德、卡莱尔、斯特恩、考伯、雪莱、伏尔泰、布朗宁以及其他一系列历史名人。我不禁想起那些或多或少因为某位女性而名垂青史的风流人物，他们无一例外都钦慕女人，终其一生都在寻求女性安慰，包括双宿双飞、倾诉衷肠、示爱求欢、鸿雁传书、肝胆相照以及唇亡齿寒的依赖感，我们勉强称之为成瘾性心理需求。至于这些关系是否纯属柏拉图式的爱情，我个人不敢妄断，威廉·乔因森·希克斯爵士对此或持异议。不过，假如我们一直误以为这些高才博学之人从这种亲密关系中所得无几，不过是些温言软语、阿谀奉承和肉体欢愉，那我们就大错特错了。显然，这些男性予取予夺的一切都是其本身无法自给自足的东西；即便我们不乞灵于那些无疑以浪漫狂想见长的名诗佳作，或许也能从容自信地对男性所求之物作进一步界定：那是某种身心刺激；只有异性才能唤起的艺术创造力的再次苏醒。我想象着一幕场景，男人推开一扇客厅或儿童房的门，发现一群孩子正围坐在女人身旁，或者一块未完工的刺绣摆在她双膝上——无论如何，她始终处于另一种人生秩序与生活体系的核心，女性世界距离他自己的领地——可能是法院或下议院——仿佛天壤悬隔，立刻让他耳目一新。即便在一番最不假雕琢的日常谈话中，女性因天性不同所产生的另类意见，对他而言，犹如异花授粉，让他思想的残花得以焕发新生。同时，由于亲眼见证女性用一种完全不同的生活材料创造不息，他自身也迸发出一种如此蓬勃的创作力，以至于他那形如槁木的艺术构思竟悄无声息地开始萌发新枝，至于原本那些遍寻不见的写作词汇，那些在他戴上帽子去拜访她之前尚无头绪的文学场景，此时都与之不期而遇了。

每个约翰逊都有自己的施拉尔夫人，他们出于类似原因缠住女人不放。一旦施拉尔夫人嫁给了一位意大利音乐家，约翰逊便暴跳如雷，从此心生芥蒂，不仅因为他日后只能在记忆里重温自己在斯特里汉姆度过的花朝月夜，而且他的生命之火"仿佛要被黑暗吞没了"。

虽说我们不是约翰逊博士、歌德、卡莱尔或伏尔泰，但也能感受到——尽管感受方式与文豪名士们极为不同——那种构思缜密的小说特性以及才思泉涌的女性创作力。我们走进这间文学之屋——可能会发现很多英语写作的语言资源已被男性所占。因此，我们的文字需要鼓起双翼，一路振翅高飞，以求抵达艺术之境，但它们的飞行轨迹不应受到世俗法的限制。然后，女性才有可能在这间屋子里，用自己的方式诉说自己的故事。那些属于女性的房间天差地别：有的静如止水，有的电闪雷鸣，有的面朝无垠大海，有的朝向监狱小院，有的房间里晾晒着洗好的衣物，有的房间里闪烁着猫眼石和绫罗绸缎的幽光，有的房间粗野坚硬如马鬃，有的房间柔软轻盈如鸟羽——只要你走进任何一条街道上任何一个这样的房间，就会立刻感受到有种女性特质如风迎面扑来，因为它是一种百转千回又难以抵抗的自然力量。不然的话，又该作何定义呢？数百万年来，女性一直枯坐屋内。终于等到今天，她们的创造力穿透了整堵墙壁。事实上，这股力量是如此激进，以至于它已经冲破砖石砂浆的重重阻挡，开始席卷文学界、美术界、商业圈和政坛。然而，这种女性独创力绝非男性力量的翻版。我们必须坚信，倘若它半路夭折或被白白浪费，那真是令人遗憾至极，因为它是通过长达数世纪、最严酷的自律自抑才赢得的释放机会，自由的甘美，无与伦比。倘若女性写作像男性一样文字激昂，生活像男性一样肆意，或衣着行事俨然男人做派，那么，多少人将会喟然长叹啊！因为考虑到这个世界应有的广阔性和多样性，既然仅以两性划分人类都不足以平息争议，那么，我们又该如何与同化为单一性别的地球人终日相伴？难道教育的宗旨不是为了百花齐放而是为了一刀切吗？因为照这个样子，我们变得与男性如出一辙，假如某一天有个探险家远征归来，尽管此人曾经透过枝丫交错的丛林望见过另一片天空，但他所带来关于其他性别的最新发现，对于人性研究的贡献将是何其微末；同时，我们倒也非常乐见 X 教授一个箭步冲向测量杆来与我们比长较短，以此证明他自己确确实实"高人一等"。

　　据我揣测，玛丽·卡迈克尔心灵的翅膀仍在小说页面上方某处盘旋着，隔着故事一小段距离，最终她会选择仅仅作为一名人性观察者来剪裁素材。但我确实担心她会禁不住种种诱惑而沦为那种私以为有点沉闷无趣的文学家类型——自然主义小说家，而非一个性喜沉思者。等待她细察深思的新鲜事物真是比比皆是啊。而她的观察范围再也不需要局限于中上层阶级的体面家庭了。玛丽可以径直走进那些异香缭绕的狭小房间，既不是出于仁慈善行，也不会觉得屈尊俯就，而是本着社团友谊的精神，去关注那些坐在一间间小屋内的巫山神女、烟花女子和抱着哈巴狗的女士 ①。迄今为止，这些女子身上仍然穿着一件件粗制滥造、刻板单调的成衣坐在那里，它们势必都是男作家们用自己的叙事编织而成，然后不由分说地套在她们头上的。不过，玛丽·卡迈克尔将要抽出一把剪刀对其进行修剪，使得每一处本该凹凸有致的地方都更加贴近女

————————————————————

① 抱着哈巴狗的年轻女士，此处或影射法国洛可可时期画家弗朗索瓦·布歇的同名作品；抑或影射俄国作家契科夫短篇小说《带小狗的女人》中的女主人公。

性视角。一旦小说发表，当我们看到这些女人的本来面目时，那番景象一定别有洞天，但我们还须等待一段时日，因为每当面对"原罪"这个概念时，玛丽·卡迈克尔的自我意识仍然深受其扰。至于"触犯戒律"这项指控，其实它是我们带有野蛮主义色彩、性别差异论的历史遗产，它仍然戴着破旧不堪的中产阶级脚镣在前行。

然而，大多数妇女既非风尘女子，亦非社交名媛，她们也不会总是穿着一袭灰扑扑的天鹅绒袍子坐在那里，怀里紧紧地抱着一只小哈巴狗，借此消磨漫长的夏日午后。但是她们会做什么呢？此刻，我脑中浮现出那些位于这条河流南岸的悠悠长街，那一条条长街上人烟稠密。凭借想象之眼，我看见一位女士已是耄耋之年，她挽着人到中年的女儿一起漫步街头，或许两人都穿着优雅大方的靴子和雍容华贵的皮草，她们出门这身打扮具有一种生活仪式感，而每年一到夏季，这些衣服一连好几个月都会放上樟脑藏在衣橱里。此时街头，华灯初上，她俩穿过马路（每天日落时分，这对母女最喜欢出门散步），或许多少年来，都是习惯如斯走这条路。老夫人今年快八十岁了。倘若有人问她，生活对于她意味着什么，她会回答说，她依然记得为了纪念巴拉克拉瓦战役，整条街道彻夜灯火通明，或者她曾亲耳听到海德公园礼炮齐鸣，庆祝小王子爱德华七世的诞生。倘若接着问她，你还记得一八六八年四月五日或一八七五年十一月二日——因为很想找个具体日期和季节来记录她人生的某个瞬间，您本人在做什么呢，这位夫人就会看起来一脸茫然，说她一点儿都想不起来了。她煮好了家里所有人的一日三餐；她洗完了所有要洗的大盘小碟；她把孩子们都送去了学校，再看着他们一个个扬帆起航去往四面八方。她的人生春去无痕。她的天赋，如今花落何处，没有任何一本传记或史籍为她留下一丝痕迹。至于小说，虽非刻意为之，但不可避免皆是虚构之事。

历史上这些云遮雾障、语焉不详的地方，都有待补上记录，我转身对玛丽·卡迈克尔说道，仿佛她就在我身旁。我依然沉浸在自己的思绪中，独自在伦敦街头漫游，在自我想象中感受着历史失语症所造成的心理压力，开始一点一滴地积累被前人遗漏的生活样本，无论是那些双手叉腰、站在街角的妇人——她们比画着手势，所戴的戒指已经深深嵌入那些肥胖肿胀的手指，说话时的情绪就像莎士比亚一样大开大合，还是那些怀抱紫罗兰的卖花人、卖火柴的小贩和守在门口不走的丑陋老太婆，抑或是这些漂泊不定的女孩子，她们的脸庞就像阳光下起伏的海浪或天上徜徉的云朵，大街上来来往往的男人、女人和商店橱窗里忽明忽灭的灯光，时不时地照亮这一朵朵浪花云影。所有这一切，都需要你去一探究竟，我对玛丽·卡迈克尔说道，你必须双手紧握火把。最重要的是，你必须首先用这支火把照亮你自己的灵魂，揭示你隐秘的一面：既幽邃深奥又浅薄浮躁，既虚荣自负又慷慨大度。同时，你还需要告诉读者，你的灵性之美或者你的平淡如水，对于你的真正意义到底是什么？街上摆满了式样不断翻新的手套、鞋子和各种琳琅满目的商品，而你与这个白云苍狗、瞬息万变的现实世界建立了什么样的关系？我踩着人造大理石地砖，在一条卖衣料的拱廊街上来回晃悠，空气中弥漫着一股从药房的瓶瓶罐罐里飘出来的淡淡药气。因为，借助想象的翅膀，我此时已经飞进了一家店铺。这家店铺了一层黑白混搭的地砖，墙壁四周挂满五光十色的丝带，美得令人窒息。我猜想，玛丽·卡迈克尔很可能也愿意顺便看一眼，因为眼前景象与安第斯山的皑皑雪峰或深沟壑谷一样，都值得作家大书特书一番。此外，柜台后面还站着一位年轻姑娘——我很想了解她个人生活的真实历史，这个愿望的迫切程度，并不亚于我对第一百五十本拿破仑传记或第七十本济慈研究专著的期待程度，而这本专著正是皓首穷经的Z教授和他的同行们集体撰写而成，专门论述了济慈如何借用弥尔顿式词序倒装进行诗歌创作。接着，我踮起脚，小心翼翼地继续前行（我生性是如此懦弱，又是如此心怀恐惧，因为那条鞭子一度几乎就要抽在我自己肩上），低声说道，她还应该学会笑看而非哀叹异性身上的狂妄自大——换一种更确切、但又不那么唐突冒犯的说法，它是不同性别自身的怪癖特性。我们每个人的后脑勺上都有一块色斑，大小有如一枚一先令银币，同一性别的人却永远也看不见它。这时，异性的目光就可以派上大用场，这是两性之间尽责互助的场合之一——向对方描述其后脑勺上那个有如一枚银币大小的斑块。让我们回顾一下，关于朱维纳尔的文学评论，女性从中获益多少；关于斯特林堡的戏剧批评，也让女性受益匪浅。回想一下吧，文学自诞生以来，一群男作家就为女人们指出了其后脑勺上的那块黑斑，此举是多么富于人性且饱含智慧啊！如果玛丽非常英勇无畏且正直诚实，那么，她会走到另一个性别的身后，告诉我们她在那里究竟发现了什么。除非有位女性能把那个一先令大小的斑块描绘出来，否则我们永远也无法得到一幅完整且真实的男性肖像。伍德豪斯先生和卡索邦先生后脑勺上的某个特征与这块色斑基本吻合，尺寸也相符。当然，并不是说所有头脑清醒的人都要劝她顶住外界七嘴八舌、冷讥热嘲所带来的压力，那些压力是有人故意而为之——文学本身即可证明，凡是出于这种目的所写的东西都是枉费心机。我会建议她抱诚守真，这样写出来的作品一定会引人入胜。喜剧元素一定要有所增加。必然还会有新的事实有待发掘。

不过，现在我的注意力应该立刻回到我刚才读到的那一页。与其猜测玛丽·卡迈克尔可能写什么，或建议她应该写什么，倒不如看看玛丽·卡迈克尔到底写了些什么。于是，我又开始读起来。在我的记忆中，我曾对她的写法略有不满。首先，她打破简·奥斯汀式的句子结构，我所拥有的那些无可挑剔的文学品位与炉火纯青的乐感全无用武之地，因此我找不到自我炫耀的机会。用不着告诉我："是的，是的，这部小说写得棒极了；但比起简·奥斯汀，你还是望尘莫及"，而我也不得不承认这二者之间大相径庭。其次，她在情节上走得更远，彻底颠覆了时间顺序——那种阅读预期中的事件序列。或许她的创作是受无意识的支配，只按自己意识世界中事件发生的本来顺序来安排情节。倘若作者是一名女性，她写作时自然就会运用女性意识。不过，这样做的结果就是让人如坠五里云雾中：我看不到一连串事件一浪接一浪地涌来，永远不知道下一个拐角会不会出现故事的转折点。因此，我也没有机会自矜自诩，无法向人显示我的情感深度或证明我对人类心灵的了解绝非浮光掠影。每当我打算按寻常顺序去感受平凡事物、循环渐进地剖析爱与死亡时，就会有个恼人的小怪物把我猛地拽跑了，那些人生要义似乎永远离我一步之遥。因此，阅读她的小说，并不能让某些铿锵有力的词语，诸如"人类基本情感""人性的共同点""人类灵魂的深渊"等，有如连珠炮一般地从我口中冒出来。同时，玛丽还挑战了其他一些支撑人类自我认知的至理名言：作为聪明绝顶的天地之灵，我们一向正气凛然，思想深邃如渊，并且带有一圈人道主义光环。恰恰相反，玛丽让我觉得，与其说人类思想严肃、灵魂深刻且天性仁慈，倒不如说——这个想法就远没有那么令人心驰神往了——我们只不过是一群意慵心懒外加因循守旧的人罢了。

　　不过，随着我继续往下阅读，其他一些事实逐渐显露出来。玛丽并不是那种一望而知的"天才作家"。上天没有赋予她某些文学天分——对大自然的热爱、如炽如焰的想象力、落拓不羁的诗人之心、风流蕴藉的才情和敛心静气的智慧——让她足以和伟大的女性文学先驱者们相提并论：温奇尔西夫人、夏洛蒂·勃朗特、艾米莉·勃朗特、简·奥斯汀和乔治·艾略特。而且，她也写不出像多萝西·奥斯本那样的主题旋律悠扬轻快、但又不失庄重大方的作品——事实上，玛丽只不过是个爱耍小聪明的女孩子，不出十年，她那些没卖出去的小说无疑会被出版商化成纸浆。尽管如此，她还是拥有某些无可比拟的优势。在半个世纪前，即便那些拥有更多上天厚赐的女性也无法获得这些心理优势。对她而言，男人不再是一个"对峙派别"，她不必浪费时间对他们口诛笔伐；她不必爬上屋顶，远眺一个她永远无法抵达的世界，从而毁了自己内心的宁静，想当年女性对四处旅行、体验人生、参透世事的渴望得不到任何回应。如今，恐惧与宿怨几乎都已云消雾散，或者说，女性略带夸张地描述自由的快乐，这恰恰表明她们尚未完全走出旧日阴影。至于她对待异性的态度，往往倾向于尖酸刻薄，话里带刺，而不是像一朵浪漫温柔的解语花。毫无疑问，作为一名小说家，她拥有某些人类高纬度思维的天然优势。她拥有浩瀚如海的情感世界，保持着炽热似火又自由如风的敏感性。这颗文学之心，它对任何轻微得几乎无法察觉的碰触都会本能地做出反应，犹如某种在空气中刚刚萌芽生长的植物，每一个出现在它周围的影像和声响对于它都是一场狂欢盛宴。它的藤蔓也四处伸展攀缘，以一种极其微妙又诡谲的方式任意生长，缠绕着那些几乎未知或尚未记录在册的陌生事物；凭借它的幽光烛照，我们这才看清楚世间微末之物，原来它们或许并非真的卑微如尘土。同时，它还发掘出一些被历史深埋厚葬的东西，让人不禁怀疑其后所隐藏的动机。

尽管她进退维谷，而且她自己的无意识世界中也缺乏一种传承久远的男性文风，这种传承让萨克雷或兰姆每每转动笔尖都会发出天籁之声，但她已经——我不由得揣度起来——掌握了难得的写作入门经验；她以一名女性的身份提笔写作，但她又不是那种把全部心思都放在自身性别上的女作家，因此，她的字里行间反而充满了某种不可思议的女性品质。只有当女性本身处于无意识状态时，这种性别特质才会不知不觉地流露出来。

这一切都不失为一桩好事。但是，除非她能借助这些稍纵即逝的个体经验，建立一座安如磐石的意识大厦，否则再丰富的直觉或再细腻的感知都无济于事，而那座记忆广厦也终将被时间摧毁。我曾经说过，要等到她写作中遇到"某种特定情况"时再提建议。我的意思是，等到她能通过唤起回忆、呼朋引类、浑然一体的创作方式，证明自己并非仅仅是一个蜻蜓点水式的意识世界的旁观者，而是心灵奥秘的洞察者。她会告诉自己，现在是她付诸行动的时候了，即便不诉诸任何激情暴力的戏剧冲突，我依然可以展示这一切存在的意义。于是，她就开始重整旗鼓——思维立刻加速运转，真是立竿见影啊！——随着不断追忆，逝去的时光仿佛呼朋引伴而来，脑海中会浮现出一些似有若无的如烟往事，或许是其他章节叙事中无意落下的某些琐碎细节。她会让人们在做针线活儿或抽烟斗时，尽可能自然而然地感觉到它们的存在。跟随她创作的脚步，读者会觉得自己仿佛登上了世界之巅，人间万象尽收眼底，如镜可鉴。

　　无论如何，她都准备小试牛刀。当我看着她为了拓展这次写作实验而不断添枝加叶时，还看到了另一番景象，但愿玛丽自己不曾看到，不论是大主教和教长们，还是医生和教授们，抑或是家长和教师们，这些人都在冲着她大呼小叫，指手画脚，要么对她当头棒喝，要么赠她金玉良言：你不能这样做！那样做也不行！只有研究员和学者才能走过那块草坪！未持有介绍信的女士不得入内！胸怀抱负又优雅迷人的女性小说家们，这边请！因此，他们一直盯着她，如同赛马场跨栏旁的人群盯着赛马一样，考验她的时刻就要到了，看她如何跨过栏杆而不是左盼右顾。如果你半路上停下来咒骂栅栏，你就会错失机遇，我对玛丽说道；同样，如果你停下来嘲笑它，你就会全盘皆输。稍一犹豫或失手，你就离穷途末路不远啦。于是，我恳求她，你只需屏气摄息奋力一跃，仿佛我本人把全部赌注压在这匹马上；接着，她像鸟儿一样掠过樊篱。然而，四周还有一道道障碍栏等着她跨越。无论是掌声哗然，还是刺耳之言，都是对一个人心性的考验，我怀疑她是否具有恒久耐力。但她的确使出了浑身解数。考虑到玛丽·卡迈克尔并非旷世奇才，而是一个名不见经传的女孩，在一间卧室兼起居室里完成了她的处女作，尽管她没有足够的时间、金钱或闲情逸致来写作，但在我眼中这部作品并非一无是处。

假如再给玛丽一百年时间，此刻我已读到小说最后一章——客厅窗帘被猛地拉开了，漫天星辉倾泻而下，勾勒出窗边人影的鼻子和裸露肩膀的轮廓——从而得出一个结论，假设玛丽拥有一间属于她自己的房间，每年有五百英镑的收入，并允许她表达内心的想法，假设她能够滤除目前塞进去的小说材料的一半，那么总有一天，她会写出一部超凡脱俗的作品。再过一百年，她将成为一名诗人，我一面说着，一面把玛丽·卡迈克尔的小说《人生奇遇记》放回这层书架的尽头。

六

　　第二天黎明，万丈柔光透过那些拉开了窗帘的窗户照进屋内，只见一道道阳光中尘埃飞舞，这是十月常见的景象，街上传来车辆嗡嗡作响的嘈杂声。紧接着，伦敦又开始拧紧发条的一天：工厂躁动不宁；机器开始运转轰鸣。经过如此长时间的阅读，我忍不住想要转头望向窗外，看看在一九二八年十月二十六日这天早晨伦敦发生了什么。此时此刻，伦敦到底是什么样子呢？似乎无人在读《安东尼和克利奥帕特拉》。对于莎士比亚的戏剧，整座伦敦城似乎都漠然置之。没有人关心——我并不是在责怪任何人——小说的未来、诗歌的消亡或者散文的当代新风，这种文体风格是由一名普通女作家新近发展出来的，纯粹是一种个体心灵的自我表达。即便把某人对这些话题的看法用粉笔写在人行道上，也不会有人弯下腰来细品慢看。这些行色匆匆的人们一点儿也不会把它放在心上，不消半小时的工夫，就会把文字的痕迹磨得一干二净。这边走过来一个跑腿的伙计，那边走过来一个牵着宠物狗的女人。伦敦街景的魅力在于没有两个人像是一个模子里刻出来的；每个人似乎都在各忙其事。人群中不乏随身带着小公文包的商务人士，流浪者用棍子把街区围栏敲得咔嗒咔嗒响，还有一群笑容可掬的街头服务人员，正在为俱乐部聚会室招揽客人，他们热情地招呼那些坐在马车里的男士，主动上前提供信息。此外，还走过一支送葬队伍，路上行人蓦然想起自己的肉体生命也如昙花一现，于是纷纷向死者脱帽行礼。接着，只见一位非常尊贵而不失内敛的绅士缓步走下门阶，他中途停了下来，以免撞上一位风风火火的女士，这位女士不知道从哪儿弄到了一身奢华皮草大衣和一束帕尔马紫罗兰。这些人似乎都互不相扰，皆专注于自己的事情。

眼下这一刻，这座城市正在实行间歇性交通管制，一如伦敦经常发生的那样，一切慢慢变得沉寂下来。路上一辆车都没有，街头也不见行人，唯有一片孤零零的秋叶，告别了那棵站在街道尽头的悬铃木，在骤然的悬停与无边的寂静中飘然而下。它不知怎的就像一个信号自天而降，直指人心，代表着某种我们一直漠视的伟大力量。这片孤独的落叶似乎正朝着一股洪流飘去，这条看不见的河流在街角转了个弯，裹挟着行人沿着街道一路奔涌，任由人们在旋涡中起起伏伏，就像牛桥那条载着落叶、小船和船上大学生的潺潺河流。现在，无形的潮水正把一个穿着漆皮靴子的女孩从街道一边抛到另一边；接着，它又带来了一位穿着深栗色大衣的年轻男子，还带来了一辆出租车，这车子刚好就停在我窗户底下，正是这股巨流把三个不同的事物聚在一起：出租车、女孩和青年男子都不约而同地停在街边。等他们上了出租车，这辆车子瞬间就滑出了我的视线，仿佛被这股激流冲去了其他地方。

这街头一幕，只是当时寻常景象，而奇妙之处在于我所幻想出来那种潮起潮落的节奏感。事实上，两人同坐一辆出租车这类日常街景，其本身就足以传递出一种信息——男女双方似乎都找到了彼此满意的相处方式。

关于两人沿街走来并在街角相遇这幕情景，看到出租车转个弯，一溜烟地跑不见了，我却思忖良久，这一幕似乎减轻了我心灵的重负。或许正如我这两天一直沉思的那样，强迫自己去相信一种性别与另一种性别完全水火不容，这其实违背了人类和谐统一的精神法则。现在，我看到这两人走到一起，又一起坐上出租车离开了，从这一刻起我的内心不再作无谓的挣扎，原本那种与整个人类和谐共振的心灵状态又回来了。

当然，人类大脑是一个神乎其神的器官，我一边从窗外缩回脑袋，一边继续思量着，尽管我们完全仰仗它的法力，但对它几乎一无所知。为何我感觉人的思想充满了冲突与对立，正如人的身体由于明显的病因形成劳损与扭伤一样呢？"人类精神的和谐统一"究竟是什么意思呢？我反复琢磨着这个短语，因为显而易见的是，大脑拥有如此强大的"压缩"能力，可以随时随地都将纷纭杂沓的感觉整合为一，以至于它似乎没有某种单一存在的思维状态。譬如，就街上行人而言，他们的意识可以摆脱其肉身的束缚，一旦意识将自身视为独立的存在物，它就能飞到楼上窗口旁，俯瞰街头众生相。或者，它可以自发地与他人同步思考，譬如，没入人群中等待有人在广播中宣读某条新闻。同时，它也可以通过父亲或母亲的视角来看世界，正如我前文所说的，女性写作时是通过母亲来回顾人生。同样，如果你是女性，你经常会对突然分裂的意识感到惊诧不已。譬如，当她行走在白厅大街时，感觉自己从这个文明的衣钵传人瞬间变成了一个异类他者，一个置身其外的批判者。显而易见，人的意识总在不断地变换焦点，并以不同视角透视着世界图景。然而，即便某些意识状态是大脑本身自然而然地产生的，但似乎也不如其他意识那样使人安逸自在。于是，为了跟随意识之流，一个人会不知不觉地压抑某些东西，日积月累，这种压抑就变得让人劳神又费力。不过，或许还存在另一种心理状态，可以让人不费吹灰之力、毫不踌躇地跟随意识漂流而下，因为本没有任何需要藏形匿影的东西。在我看来，眼前这一幕或许就是从窗户涌进来的生活洪流中的一个小旋涡。因为当我看到这对青年男女一起坐上出租车时，我在潜意识里感觉到，他们俩如同浪花一样分开之后，肯定又会自然地融合在一起。不言而喻的是，两性合作是再自然不过的事情。人们有一种深刻的本能，即便这种本能不合逻辑，也不会阻止其倾心支持这样一种理论，即男性和女性的结合会带来最大的满足感，让我们抵达花好月圆的幸福之巅。但对于两人坐上出租车这一幕及其带给我的满足感，我却不禁要问，心理上的两性是否分别也对应着生理上的两性，二者是否也需要合二为一才能获得完全的满足与幸福？接着，我从一个外行人的角度描绘了一张完美灵魂的蓝图，如此一来，我们每个人身上都有两种力量同栖共生；在男性的大脑中，雄性思维占据上风；在女性的头脑中，雌性思维则略胜一筹。一个人正常、放松且愉快的心理状态是两种思维和谐共存，精神上协同合作。如果此人是一位男性，那么他大脑中的女性思维一定对他有所影响；女性也必须和自己心灵中的男性意识进行交流。这或许也是柯勒律治那句话的言下之意，因为他曾说过，伟大的心灵都是雌雄同体的。唯有雌雄同株时，心灵才能完成自花授粉并发挥出所有两性花天生的本领。我猜想，或许纯粹男性化的头脑无法创造作品，正如完全女性化的心灵是一块贫瘠之地一样。但是，我们最好先搁置争议来读一两本书，考察一下"具有阴柔气质

的男性"以及与之相反的"充满阳刚气息的女性"的具体
含义。

　　尽管柯勒律治认为，雌雄共体是伟大心灵的共同特
质，但他肯定不是说这种心灵对女性抱有特别同情，从而
引导女性走正道或致力于演绎她们的人生。对于男女差
异，或许两性共生的头脑反而不像单一性别的头脑那样容
易把二者界定得泾渭分明。他的意思或许是，雌雄一体的
心灵能够同频共振且彼此渗透，它所传递的情感总是畅行
无碍，相得无间。这种心灵天生具有创造性，炽热如炬又
不可分割。事实上，我们可以追溯到莎士比亚，他的心灵
其实是雌雄同体的，属于男女兼具的类型，尽管我们无从
得知他本人对于女性的看法。倘若确实不出所料，心理成
熟的标志之一就是从不纠缠或偏执于性别问题，那么现在
我们若要抵达这种创作境界，其难度之大前所未有。此
时，我走到了作者还健在的藏书处，在书架前停了下来，
想好好查证一番我心头的疑云萦绕不散的原因是否与此
有关。我们这个时代的性意识比以往任何时代都要风起云
涌，大英博物馆里便有明证：那些出自男作家笔下的有
关女性的著作可谓汗牛充栋。毫无疑问，选举权运动是

导火索。这项运动一定激起了男性自我主张的强烈欲望，让他们着力强调自身性别及其特征。倘若他们压根儿没遇到过什么挑战，他们就不会绞尽脑汁去琢磨这些性征。当男性群体受到挑战时，即便对方只不过是几个戴着黑色软帽的女人，他们也会进行打击报复；倘若这群人以前从未受到过如此挑战，那么他们报复的手段势必无所不用其极。这或许有助于解释为何我记得就是在这一排藏书中，我发掘到这类小说的某些特征，我一边想着，一边从书架上取下一本 A 先生新著的小说。这位作者正当创作盛年，显然评论家也对他好评如潮。我开始翻阅这部作品。再次感受到拜读男作家的作品真不失为一桩赏心乐事。与之前读过的女性作品相比，这种风格是如此开门见山，如此毫无顾忌、明白无误地表明了一名男性作家的自我存在感：何等自由奔放的思想，何等率性而为的个人自由，他对自己是那么胸有成竹。面对着这么一颗博采众长、知书达理、自由洒脱的男性心灵，顿时给我一种神清气爽的感觉。这颗心灵自出生起就任其自流，从未被人横遮竖挡或拒之门外，而是随心所欲地在天地间开枝散叶，所有这一切都令人惊羡不已。但读了一两章后，一道黑影似乎横亘在书页上。那是一条笔直的黑色竖线，一个形状像是影影绰绰的英文字母"I"（"我"）。因此，我的视线只好左躲右闪，想要绕过那道阴影一睹其背后的美景——我不太确定它到底是一棵树还是一个正在漫步的女人，但这个隐在其后的存在物总是被人当作字母"I"。于是，我渐渐对这个"I"感到不胜其烦。但这个"I"代表的就是那个无比尊贵的男性"自我"。这个"我"一生光明磊落，行事合乎逻辑；几个世纪以来，这个"我"都像坚果一样牢不可破，不仅家学渊源，而且锦衣玉食。对此我唯有高山仰止，甘拜下风。但是——我又往后翻了一两页，想要从中看出一点端倪——最糟糕的是，在字母"I"的重重阴影之下，一切都像一团不可名状的迷雾。那是一棵树吗？不，那是一个女人。但是……我看着菲比——那是她的名字——正要走过一片沙滩，心想这女人生得真是柔弱无骨。然后阿伦站了起来，他的影子立刻把菲比吞噬了。因为阿伦对世间一切都有自己的见解，菲比的生命之火则在他滔滔不绝的个人见解中完全熄灭了。而且，阿伦，据我推测，还是一个激情澎湃的男人；于是，我飞快地翻了一页又一页，感觉故事的高潮即将来临，事实确实如此。一场活蹦乱跳的鱼水之欢发生在阳光灿烂的沙滩上，就在光天化日之下。没有什么比这更有伤风化的了。但是……我经常说"但是"。不能老是说"但是、但是"没完没了，我自责道。不管怎么着，一定要把话说明白。这句话可以这样收尾吗？"但是——我觉得这小说很无聊！"但我为何觉得这部小说枯燥无趣呢？一方面因为字母"I"留下那道不可抗拒的巨大阴影，而且阴影所覆盖的地方寸草不生，如同参天的山毛榉树投下一片浓荫，那里再也长不出来其他树木。另一方面的原因则更为模糊。在作家 A 的创作思想中似乎存在着某种心理障碍，这个心结阻塞了创作之泉的源头，并将其局限在狭窄的活动范围内。我回想起那次牛桥午餐会，于是乎烟灰、马恩岛猫、丁尼生和克里斯蒂娜·罗塞蒂所有关于这些事物的回忆一股脑儿地涌现眼前，感觉那道无形障碍似乎就横在那里。当男人不再低声吟诵"谁落下晶莹泪珠，西番莲在门口哭"，当菲比走过那片海滩时，她的内心也不再回应："我的心欢歌如鸟，在河岸树上筑巢。"当阿伦走近菲比时，他还能做什么呢？这个男人向来可靠，他的存在于她而言就像太阳一样合乎常理，那么，为他说句公道话吧，他只有一件事要做，那就是一遍又一遍地（我一边说着，一边不停翻着书页）重演着刚才沙滩上的画面。不知为什么，我感觉这一切似乎索然无味，我补充道，同时也意识到这是一种可怕的灵魂忏悔。至于莎士比亚所描写的不雅行为，它在我们脑海中唤起了其他成千上万种自然联想，而且读起来一点儿也不沉闷。不过，莎士比亚这样写仅仅是为了怡情悦性；至于 A 先生的创作手法，正如保姆们常说的那样，就是明知故犯。他借此进行抗议，拒绝接受男女平等的原则，借以彰显莫名的自我优越感。因此，对性别具有强烈自我意识的 A 先生最终灵感枯竭，有如一潭死水。倘若莎士比亚也能认识克劳馥小姐与戴维斯小姐这对冤家的话，他或许就会明白有人决不甘心与对手平起平坐。毫无疑问，假如女权运动始于 16 世纪而非 19 世纪，伊丽莎白时代的文学将与现在有霄壤之别。

话说回来，倘若那个关于心灵雌雄共体的理论成立的话，这就意味着男性气概早已具有高度自觉的性意识——也就是说，男作家现在是刻意地运用纯粹的男性思维来写作。如此一来，让女性来阅读这些书简直是阴差阳错，因为她势必徒然地寻找她压根儿也找不到的东西。

我认为，人们最怀念的精神力量莫过于真知灼见的支撑之力，此刻我手捧一本文学评论家 B 先生的大作，正在逐行逐句、诚惶诚恐地阅读他对诗歌艺术的评论。作者以大方之家的手笔，凭借敏锐的学术眼光，写下了一段颇有见地的文论；但问题是，他不再与读者进行感情交流；他的心灵似乎被分成了一个个与我们互不相通的密闭房间；没有任何一个声音能从一间心房传递到另一间。因此，当我想把 B 先生写下的句子放在心里带走时，它竟"扑通"一声重重地摔在地上——一命呜呼了；然而，当我们听到柯勒律治说过的某句话时，就会感到其感情迸发如同烟花，同时还点燃了我们心中其他一些绚烂的想法。这是唯一的写作密钥，掌握了它就等于洞悉了永恒的艺术生命的奥秘。

　　但无论原因是什么，我们面对眼前这个事实，只能仰天长叹。因为这意味着——在这几排书架上，我看到了高尔斯华绥先生和吉卜林先生的作品——虽然我们当代最伟大的作家已经达到了炉火纯青的创作境界，我们对其作品却是视若无睹。不管她用哪种方式，一名女性读者都不可能在这几排作品中找到永恒的生命之泉，尽管评论家们曾向她担保泉眼就在这一堆书里。不仅是因为这群作家美化身为男性的德行典范，推崇男性价值观，刻画的都是男人世界，而且还因为他们书中所弥漫的情绪对女性而言是完全无法理解的。某种情绪的风暴正在书中酝酿，乌云正在翻滚，某个人物的头顶即将电闪雷鸣，而在这一切结束之前，此人还要发表一通长篇大论。那幅名画就要砸在老一辈乔里恩的头上；他将死于休克；老同事会替他念两三句讣告；泰晤士河上所有的天鹅会不约而同地为他唱一支哀歌。而我们会趁这一切还没发生时赶紧逃命，找一处醋栗树丛躲起来，因为这种对他们来说如此刻骨铭心、微妙无穷、富有象征意义的男人情怀，却只会让女人感到惊诧莫名。吉卜林先生小说中的人物也是令人百思不得其解：那些转身而去的军官；田间播种者；独自干活儿的男人们；还有那面旗帜——看到这些具有标志性的大写字母①时，我不由得面红耳赤，就像在偷听男性专属的酒神狂欢话语时被人当场逮住一样。事实上，无论是高尔斯

①此处作者援引吉卜林作品中出现的一连串英语名词，其单词首字母皆为大写：脊背（Backs）、播种者（Sowers）、种子（Seed）、男人们（Men）、工作（Work）和旗帜（Flag）。

华绥还是吉卜林先生，他们的心灵里都没有一星半点儿的女性火花。因此，在女性看来，他们所具有的心理素质，一言以蔽之，都是粗鄙浅陋和不够成熟的。他们的文字缺乏一种含蓄之美。当一本书的语言表述过于直白浅显时，无论它多么猛烈地撞击人的心灵表层，它都无法渗透到内心。

就在这种如坐针毡的心情驱使下，我从这排书架上取下了几本书，然后看也不看地又放了回去。此时，我开始在头脑中设想，一个不折不扣、惯于一意孤行的大男子主义时代即将到来，这种不祥之兆有如教授们在信（譬如沃尔特·罗利爵士的书信）中所预示的那样，新的意大利统治阶层已经形成。只要人在罗马，就不难感受那种雄性之风如同梦魇挥之不去。无论纯粹的男性气概对意大利有什么价值，我们都会质疑它对诗歌艺术的影响。不管怎样，据报载，意大利小说界目前已经进入焦虑时代。作家协会召开大会，旨在促进"意大利小说的崛起"。前几天，达官贵人、金融大亨、工业巨头还有法西斯阵营头目等各界人士共聚一堂讨论此事，并给该国元首发了一封电报，希望"法西斯时代很快会诞生一位当之无愧的时代诗人"。我们所有人都会虔诚地祈愿奇迹出现，但诗歌是否能从恒温箱中孵化出来，目前尚无定论。诗歌诞生固然少不了父亲，但也离不开母亲。人们或许会担心，这首意大利法西斯诗歌恐将遭遇一场可怕的早期妊娠流产，就像人们见过的那种保存在某郡首府博物馆玻璃罐中的畸胎。据说，这样的怪物一般活不了多久；我们也从未在牧场上见过这种畸变奇物在啃食青草。一个身体长两个头并不能延年益寿。

然而，即便我们急于寻找替罪羊，也不能把这一切责任都归咎于某一种性别。所有的情场猎手与社会改良派都难辞其咎：不但包括那位向格兰维尔勋爵撒下弥天大谎的贝斯伯勒夫人，还包括这位对格雷格先生实话实说的戴维斯小姐。至于那些提示我们性别意识存在状态的人，无一例外也应受到谴责，因为正是他们驱使我去寻找这种性意识，我当时只不过想要练练笔，但他们激励我重返戴维斯小姐与克劳馥小姐出生前的幸福时代，那时作家的心灵兼具雌雄之美。既然如此，我们想必还能追溯到莎士比亚时代，因为莎士比亚的心灵雌雄同体；济慈、斯特恩、考伯、兰姆和柯勒律治也是如此。雪莱的心灵或许没有明显的性别特征。弥尔顿和本·琼森的作品则涂抹着一层非常厚重的男性色彩；华兹华斯与托尔斯泰亦复如是。在我们这个时代，普鲁斯特有一颗永不磨灭的雌雄同体的心灵，甚至显得有点儿过于阴柔了。不过，对于这种出现在文坛奇才身上的白璧微瑕，人们看待它的态度相当宽容，因为一旦心灵得不到女性情感元素的滋养，逻辑思维似乎就会处于支配地位，而人类心智的其他能力也会随之僵化，变成衰草残花。然而，我仍然有个自我安慰的想法：这或许只是一个正常的过渡阶段。为了兑现我曾对诸位许下的承诺，这次演讲的大部分内容都是关于我个人的思想轨迹，有些内容似乎已经跟不上时代了；至于我心灵中的那团激情之火，尚未成年的你们或许会用怀疑的目光打量着它。

即便如此，此时此刻我想在草稿纸上写下的第一句话，我一边说着，一边走到写字台前，拿起那张写着题为"女性与小说"的稿纸，任何从事创作之人若在执笔之际痴迷于自身性别，都将遭受致命一击。若人类只能成为一名阳刚至极的男性或阴柔至极的女性，这种极度纯粹的性意识将会带来灾难性后果；一个完整的人想必是具有女性气质的男性或不乏男子气概的女性。身为一名女性，对任何不平之事都尽量隐忍不言是致命的；此外，还有其他一些致命性错误：在任何诉讼案中，有意利用女性身份来进行辩护，即使是为了伸张正义也于事无补；抑或在任何场合中，有意识地以女性的特定方式来说话。这里所说的"致命性"绝非夸张的修辞手法；因为任何刻意染上偏见色彩的文学作品都将注定消亡。它既没有授粉也不会结果。这类作品问世后或许也能存活一两天，尽管它看起来那么气势如虹、势不可当且笔法娴熟，但它迟早会随着寒夜来袭而凋零枯萎，永远无法在人们心里扎根生长。唯有通过雌蕊与雄蕊之间合作传粉，心灵之花才会结出果实，从而完成传世之作。我们务必要让两股对立力量琴瑟相和。若要真实地感受到作家如何笔墨酣畅地传达他的人生体验，那么我们也必须完全敞开心扉与之融为一体。必须让心灵自由翱翔，再给它一段静谧时光。让所有嘎吱嘎吱响的车轮都停转吧，紧紧合上窗帘，不要让任何一缕微光来侵扰这个神圣时刻。我想，一旦作家讲完了他自己的故事，就应该释放自我，不要惊扰他自己心灵的婚礼，就让这一朵两性花在黑暗中庆祝自身的结合吧。至于此刻所发生的一切，他既不能偷窥，也不能质疑。相反，他只能独自摘下片片玫瑰花瓣，或者痴望着一群天鹅安闲自得地顺流而下。此时，我又看到了那股无形的湍流，它正带着小船、大学生和缤纷落叶沿河而下；我潜入这条意识之川，看见那辆出租车带走了那一对青年男女，再往前回溯一点，我看到他们俩相遇在街对面，一个旋涡把这两人都卷走了，此时耳畔又传来远处伦敦街道上车水马龙的轰鸣声，我看见它——

　　说到这里，玛丽·贝顿突然停了下来。她曾经告诉过诸位，她是如何得出这个结论的——尽管是一个毫无诗意的结论——倘若你要写小说或诗歌，一年必须有五百英镑收入，还需要有一间可以上锁的房间。究竟是什么思想和感触让她萌生此念，她正试图道破其中原委。她也曾邀请你们跟随她一路思绪飞扬直到后来撞上一位典礼仪仗官，一会儿在这里吃午餐，一会儿去那里赴晚宴，一会儿在大英博物馆画素描，从书架上取下一本本藏书，一会儿又独自望着窗外发呆。当她沉浸其中时，你们无疑一直在一旁观察她的瑕疵和怪癖，同时也忖度着这些性格缺陷对其文学见解有何影响。在不断反驳她的同时，你们一直在根据自身需求对其理论加以补充或剔除。这也是她创作的应有之义，因为面对这样一个女性写作问题，鉴别真理的唯一途径是把形形色色的谬论放在一起加以对照。现在，我本人将以真实身份来结束这场讨论，预料有人会提出两种不同的批评，因为要挨批评的地方是如此一目了然，以至于你们几乎不得不把它们指出来。

诸位可能会说，即便像你们这些身为作家的人，对性别的相对优点也是三缄其口。这是因为我有意避开了这个话题，尽管早已到了重新估定男女性别价值的时候——但在当前阶段，比起那些关于女性才能的空泛理论来，确切地知道她们具备多少财力、拥有多少房间要重要得多——尽管时机已到，但我并不认为任何天赋之才，无论是心灵质地还是性格品行，可以像糖和黄油一样易于称量，纵然在剑桥这样的学府，他们也非常善于把人分成三六九等，在他们头上戴上不同的帽子，在他们注册的名字后面标注某些字母①。纵然你一翻开《惠特

①影射 18 世纪末期英国剑桥、牛津等大学的校园俚语 snob，表示平民或俗人。据说当时学生注册时，贵族姓名后标注拉丁语 nobilitate（贵族），平民姓名后则标注 sine nobilitate（非贵族）。此词逐渐衍生出"自命不凡者或势利眼"等负面含义。

克年鉴》就会找到所谓的尊卑序列表，但我既不相信它能代表人类价值观的终极顺序，也不相信如此排序就一定公道合理：一位来自巴斯小城的司令官最终要排在某个研究精神疾病的心理专家后面才能走进宴会厅。所有这些使两性对立、把人分为高低贵贱的社会法则，所有这些自视优越者的盛气凌人以及那些对卑弱者的横加指责，都在表明人类生存尚处于私立学校阶段，那里有人"拉帮结派"，一方必须打败另一方，但其互争雄长的高光时刻莫过于获胜者登上领奖台，双手接过校长亲自颁发的奖杯，为人生增添异彩。随着人类心智渐趋成熟，他们不再相信此界彼疆、中小学校长或徒具装饰性的精美奖杯。无论如何，就书籍而言，要想给它的存在价值牢牢地贴上一块永不剥落的金箔，其难度尽人皆知。关于人们对当代文学的评判，这难道不是文学评论所面临的尴尬处境的恒久证据吗？"这是一部旷世杰作""这本书毫无价值"，同一本书却被贴上两个完全不同的标签。时人对某本书青睐有加，一如对其万般挑刺一样无关紧要。是的，尽管对当代文学道长论短可以消遣时光，怡情遣兴，但它却是所有职业中最徒劳无益的，而最奴颜媚骨的创作态度莫过于屈从某个文学评论家的裁夺。只要你的写作依然忠于内心，就是真正的无价之宝；至于它的价值是闪耀数个世纪，还是烛照几个钟头，这个谁也说不准。但是，倘若你因为敬畏某位手持银壶奖杯的校长或某个袖藏文学量尺的教授而放弃自己，哪怕只是牺牲你笔下人物头上的一根头发，改变一下发色深浅，这也是最卑鄙无耻的背叛。相比之下，那些在过去常被当成灭顶之灾的人生打击——失去财富和贞操，只不过是跳蚤叮咬罢了。

接下来，我猜诸位可能会反对的另一个观点是我在这场讨论中过分强调了物质的重要性。即使五百英镑这个数字不乏浓重的象征主义色彩，这笔年收入也足以代表你有能力过一种沉思的生活，一道安了锁扣的房门则意味着你有能力自己做出决定——不过，你们可能会说，人的灵魂应该超越物质世界；伟大的诗魂往往是一介布衣。那么，请允许我援引你们学院一位文学教授所说的话，他比我更了解诗人的心灵材质。亚瑟·奎勒·库奇爵士这样写道：

在过去的一百年里，大概诞生了多少位伟大的诗人呢？柯勒律治、华兹华斯、拜伦、雪莱、兰多、济慈、丁尼生、布朗宁、阿诺德、莫里斯、罗塞蒂、史文朋……

我们不必一一列举下去。在这些人中，除了济慈、布朗宁和罗塞蒂之外，其他人都是大学学子；而在这三个人中，济慈是唯一一个算不上家道殷富的诗人，他英年早逝，诗情正盛时，突然凋谢了。说起来可能既残酷无情又可悲可叹：都说天才诗人随风任意飘荡，无论是穷乡僻壤，还是富贵温柔乡，落在哪里都能一样生长。但这种理论是经不起推敲的。这是铁的事实，十二个人中有九个是大学男生：这意味着不知怎的他们获得了英国一流教育资源。事实上，在余下三人中，布朗宁自幼衣食无忧，若不是因为他生于小康之家，那么，他也写不出像《扫罗》或《指环与书》这样的长诗，我愿接受对此持异议者的挑战，正如罗斯金若不是因为其父生财有道，一介寒士肯定完成不了像《现代画家》这样的鸿篇巨制。罗塞蒂有一小笔私人收入；此外，他还从事绘画工作。只剩下济慈孤苦无依：正当其生命枝叶葳蕤时，阿特洛波斯拦腰砍断了它，正如她听凭疯人院毁灭了约翰·克莱尔一样。而詹姆斯·汤姆森也是命运多舛，因沉迷鸦片酊而死于绝望。虽然这些事实触目惊心，但是让我们正视它们吧。这是不可否认的事实——无论这对于我们国人来说是何等的奇耻大辱——

由于我们英联邦制度存在某些缺陷，时至今日，穷困潦倒的诗人依然感觉前途渺茫，两百年以来都是如此。相信我——我花了将近十年的时间观察了大约三百二十所小学，我们尽可空谈民主，但实际上，一个家徒四壁的英格兰小孩几乎和雅典城里的奴隶之子一样摆脱不了人生枷锁，因而无法获得智识自由，而正是这种自由才孕育了激荡人心的文学作品。

迄今为止，这是关于苦寒诗人最直白的表述："时至今日，一位穷困潦倒的诗人依然感到前途渺茫，两百年以来都是如此……一个家徒四壁的英格兰小孩几乎和雅典城里的奴隶之子一样摆脱不了人生枷锁，因而无法获得智识自由，而正是这种自由才孕育了激荡人心的文学作品。"真是一语中的啊。智识自由离不开物质基础，诗歌之灵栖居于自由思想。女性贫困问题旷日持久，不仅仅是两百年以来，而是自人类诞生以来，她们就一寒如此。妇女的思想自由程度甚至比不上雅典奴隶的儿子。因此，女性写诗的机会不亚于铁树开花。这就是为何我如此强调拥有金钱和独享房间的重要性。然而，多亏了那些年名不见经传的女性辛勤劳作，我希望我们能了解更多本该青史留名的女性，说来也怪，还多亏了她们中的一些人经历了两场战争，克里米亚战争让弗洛伦斯·南丁格尔逃出了她家客厅，而随着大约六十年后欧洲战争的爆发，外面的世界向普通女性也敞开了大门，旧时代的阴影正在慢慢消散。否则诸位今晚就不会相聚于此，而你们一年挣五百英镑的机会更是微乎其微。不过，我担心前路还有惊涛骇浪。

　　你或许还会提出反驳意见：为何你如此重视女性步入文坛学界这件事，而根据你的说法，这需要付出如此锲而不舍的努力，甚至有可能导致某人姑姑死于非命，多半还会耽误作者按时就餐，并且有可能让她与某位谦谦君子陷入火药味十足的辩论？姑且向你们承认吧，在一定程度上，我是出于自私自利的动机。正如大多数没有受过正统教育的英国女性一样，我喜欢看书——我喜欢大量阅读书籍。最近我的日常阅读食谱却变得有点千篇一律。在历史类书籍中，关于战争的题材泛滥成灾；传记类作品里则充斥着时代巨人们的形象。我的个人看法是，诗歌和小说领域都呈现出一种荒漠化趋势，但作为一名现代小说评论员，我在之前的讨论中已经把我的审美缺陷暴露无遗，此处不再赘述。因此，我想恳请诸位去创造异彩纷呈的艺术作品，不要因为找不到一个合适主题而迟迟不肯动笔，无论题材多么渺不足道或大气磅礴，都不必拘泥于此。无论是经由坦途还是曲径，我希望你们都最终能够拥有足够的金钱可以自由支配，得以四处游历，闲暇之时，或沉思历史或遥想未来，或漫步书林进入梦乡，或在街角闲逛，任由思想的钓线沉入意识潜流的深处。因为我绝不是要把你们的思路局限在小说范围之内。如果你们愿意为我解忧的话——世界上还有成千上万像我这样的人——不拘是哪个创作领域：旅行和历险、学术研究、历史和传记、文艺批评、哲学和科学，你们都可以尽情书写。而小说艺术本身也会从中获益。因为书籍与书籍之间有一种相互影响的共生方式。小说最适宜与诗歌和哲学比邻而居。此外，如果你追溯并研究历史长河中任何一位伟大作家，譬如萨福、紫式部或艾米莉·勃朗特，你就会发现她既是一位火尽薪传者，也是一个拓土开疆之人。其人其作之所以能够问鼎文坛，那是因为女性已经自觉地养成了一种忠于天性的写作习惯；因此，即便你们的创作只是为诗歌吹响序曲，其价值也是不可估量的。

不过，当我回顾这些演讲笔记并审视自己的思路时，发现自己当初建议你们写作的原因并非完全是利己主义在作祟。在这一连串的文学评论和离题漫谈中，始终贯穿着一种笃定的信念——抑或是直觉？——一本好书总是让人念念不忘；至于那些好作家，纵然他们堕落红尘，一生劣迹斑斑，但他们身上仍不乏美好的人类特质。因此，在我希冀你们写出更多作品的同时，也在鞭策你们去完成一项有利于自身和整个人类社会的善行。我不知该如何证明这种本能或信念是正确的。倘若一个人从未受过大学教育，却要诉诸哲学术语来加以论证，那就很容易误入歧途。到底什么是"现实"？它似乎是一种非常飘忽不定、如同镜花水月一般的东西——人们看见它一会儿疾驰在尘土飞扬的大路上，一会儿出现在一张街头报纸上，一会儿又化为一朵水仙花摇曳在阳光下。它照亮了聚在房间里的一众人等，并把某人随口说说的一番话盖上举足轻重的印戳。它让一个独自回家的人深深地陶醉在繁星点点的夜空下，它让这个世界回旋着寂静之声，它让这种静谧听起来比任何人类言语更加真实动人——接着，它又现身在一辆穿过皮卡迪利喧嚣大街的公共汽车上。有时，它似乎也栖身于一个遥不可及的世界，以至于我们无从辨别其本质。但凡"现实"魔杖触及之地，真相便无处逃逸，并且永恒不灭。这就是世界褪下幻象后的样子，当白昼的蜕皮被抛进树篱时，这一切就会显露无遗；这就是旧日时光的留痕，是我们爱恨交错的烙印。此刻，正如我所揣度的，面对这种更深层次的现实，作家比其他人更有机会拥有多重人生。他的职责就是找到那些时光遗迹，将它们一一收集，并向我们其他人传递其所探得的消息。最不济我也从阅读《李尔王》、《爱玛》或《追忆似水年华》中揣摩到了某些真谛。因为这些书籍似乎以一种奇妙的语言对读者感官进行了暗示；随后，我们的目光会变得更具穿透力；这个世界的本来面目似乎无法再被遮挡，万事万物也被赋予了某种更为强烈的生命能量。这是一群令人羡慕的作家，他们一生从不与假象为伍；这也是一群令人哀怜的作家，他们的大脑被某种无意识的力量无情地击中了。因此，当我期望你们能够自己赚钱并拥有一间属于自己的房间时，我是在恳请你们生活在现实世界中，拥有一种郁郁勃发的生命力，不管你们最终能否向世人传递出这种感觉。

我本想就此结束这场演讲，但按照惯例，每场演讲都必须有一段结束语。想必你们也会同意，针对女性演讲的结束语应该是一段特别激励人心的话，颂扬一种高尚圣洁的精神。我恳求诸位记住自己肩上的责任，要抵达更高、更有灵性的精神国度；我应该提醒你们，自助自立对你们而言是何其重要，而你们可以对未来世界所产生的影响又是何其深远。但是，我坚持认为，这些谆谆劝诫大可留给其他性别，因为他们更擅长高谈雄辩，而且确实已经洋洋洒洒地写了长篇大论，让我望尘莫及。我寻遍自己思想的角角落落，并没有发现任何高尚情操，也找不到任何关于成为同甘共苦的平等伙伴或为了更高目标而改造世界的宏大词语。我发现自己的结束语简短而平淡，在这个世界上，没有什么比成为自己更重要的了。尽管我知道如何善用崇高之词感召听众，但我只想对你们说，不要奢望影响其他人。从自在本然的角度看待世间万物。

　　每每翻阅报纸、小说和传记，就会让我再次想起那些说法：女人与女人之间说话总是夹枪带棒。女人对女人冷漠又刻薄。女人讨厌女人。口口声声称呼我们为女人——诸位难道不对这种措辞感到厌倦至极吗？我可以明确地告诉你们，它让我不胜其烦。不过，让我们姑且这么假定吧，女人给女人做的演说本该配上一段格外扰人心绪的结束语。

但究竟该如何下笔呢？我能用什么话来收尾？事实是，我喜欢的人往往是女人。我喜欢她们做事不拘一格。我喜欢她们美得浑然天成。我喜欢她们不为浮名所累。我喜欢这些品质——但我绝不可以这样一直罗列下去。那边有一只橱柜，你们说柜子里面只不过放了一摞干净的餐巾台布。不过，假如阿奇博尔德·博德金爵士就藏在它们中间呢？那么，让我用一种更加端正严肃的语气来结束这场演讲吧。在前面的讨论中，我是否详细地向你们描述过人们对女性的训诫之辞和大张挞伐？我已经告诉过你们奥斯卡·布朗宁先生认为女性卑不足道，我也援引过历史上的拿破仑及如今墨索里尼对女性的看法。话说回来，假如你们当中有人渴望创作小说，出于为你们自身利益的考虑，我誊抄了某些评论家关于女性必须勇敢地承认自己性别局限性的建议。我还提到了 X 教授，并凸显了他的个人观点，即女性在智力、道德和身体上与男性相比都会相形见绌。我所转述的这些内容都是本人偶然之间读到的观点，并非刻意搜罗而得。请诸位记住约翰·兰登·戴维斯先生敲响的最后一记警钟。这位戴维斯先生警告女性道："当整个人类都不再想生孩子时，女性这个群体也就并非是必不可少的存在了。"

我该如何进一步鼓励你们善待生命呢？我想说的是，年轻的女士们，请注意听，结束语就要开始啦。在我眼里，你们对生活的无知令人汗颜。你们对生命从未有过任何重要的发现。你们从未动摇过任何一个帝国旧制，也从未率领过一支军队驰骋沙场。莎士比亚的戏剧不是你们所写，你们从未给任何野蛮民族带来文明的福祉。你们为自己找的借口是什么呢？或许你们会一面指着人潮汹涌的街道、广场和森林，那里黑人、白人和黄色人种的居民们正在往来穿梭、蓬勃进取和谈情说爱；一面对我说，我们有其他的事要做。如果这些事情我们不去做的话，大海上就不会有人扬帆起航，肥沃的土地将变成一片荒凉。据统计，我们女性目前养育、护理和教导了大约十六亿二千三百万人，或许还要照看孩子一直到六七岁，尽管有些女性得到过帮助，在这期间有多少似水流年。

你们说的都是实情——这个我决不否认。但同时我要提醒诸位，自一八六六年以来，英国至少开办了两所女子学院；一八八〇年以后，法律允许已婚妇女拥有自己名下的财产；而在一九一九年，也就是说早在九年之前，女性就获得了投票权。我可以提醒你们一下吗？大多数职业对你们开放差不多近十年了。倘若你们反思这些特权范围之广和女性所享受其特权的时间之长，以及当前一定有大约两千名女性能够以这样或那样的方式年收入超过五百英镑这个事实，你们就会支持我的观点，你们所说的缺乏适当机遇、工作培训、亲朋鼓励、空闲时间和资金储备诸如此类的托词再也站不住脚。此外，经济学家告诉我们，西顿夫人生了太多孩子。当然，你们还得继续生儿育女，但是，正如专家们所说的那样，女性一生最好生两三个孩子，而不是一口气生下十几二十个。

因此，倘有余暇又饱读诗书——倘若你们受够了其他类型的工作，而你们目前还在读大学，我猜测你们接受大学教育的部分目的是为了远离那些旧式教育——那么，你们当然可以开启人生的另一个阶段，成为一名年复一年、含辛茹苦、默默无闻的职业女作家。至于你们应该做什么以及这样做会产生什么影响，人们会提出成千上万条建议。我不得不承认，我所提的这个建议有点异想天开；因此，我更喜欢用小说的形式向你们描述它。

在这篇演讲中，我曾说过莎士比亚有个妹妹，但不要试图在锡德尼·李爵士编写的诗人传记中去寻觅她的人生轨迹。可惜她情深不寿——唉，一首诗也没留下。此刻，她就静静地躺在"大象城堡"对面的公共汽车站台底下。尽管如此，我相信这位埋在十字路口、从不曾留下雪泥鸿爪的诗人，她的生命并未逝如青烟。她的身影依然在你我心中徘徊不去，她也依然活在今晚未能到场的千千万万女性心底，尽管此时此刻她们正在厨房洗碗或哄孩子们入睡。但莎士比亚的妹妹就活在我们中间，因为伟大的诗人不会形神俱灭，他们的灵魂漫游在亘古长夜里。而诗魂所需要的只是化身为人的机会，与我们一同行走在大地上。依我所见，这个机会就掌握在你们自己手中。这一直是我的信念，假如我们可以再活一个世纪左右的话——我指的是我们作为女性群体所共同拥有的真实人生，而非作为个体所度过的那种短如蜉蝣、形同孤岛的一生——我们每年有五百镑收入，还有一间属于自己的房间；倘若我们逐渐习惯于写作并道出自己的心声，既有提笔的自由，也有落笔的勇气；倘若我们的视线能够从那间共用客厅逃离片刻，我们审视人类的目光不再停留在人际关系上，而是落在现实语境中的人身上；倘若我们能够洞悉天空、树木或阳光下的任何事物皆有自身存在的意义；倘若我们的目光能够越过幽灵出没的弥尔顿式的黑暗国度，因为无人可以无视它的存在；倘若我们能够直面现实，而现实就是我们没有高枝可以依栖，只能踽踽独行，我们的个体存在关涉整个现实世界，而非仅仅关乎世间的男男女女，那么新的机遇就会不期而至，那个夭折的女诗人，莎士比亚的妹妹，就会死而复生，那颗不止一次停跳的诗人之心会再次开始搏动。像她的哥哥一样，她也汲取了那些已经没入烟尘的文学先行者们的生命精髓，从而重获新生。但是倘若没有那些文学先驱们采集的火种，倘若没有我们这一代代人传递的火炬，没有这种至死不渝的信念——当她再度降临人间，她终于可以写下自己的诗篇，倘若没有这些前奏与序曲，她的重生之日必将遥遥无期。不过，有一点我始终笃信不移，如果我们曾经为了她而努力过，也将为了她继续努力下去，那么即便我们注定清贫，即便我们寂寂无名，我们这一生都将不虚此行。

附 录

1.范妮·伯尼（1752—1840），英国小说家和书简作家，也被称为达布莱夫人，伦敦知识女性团体蓝袜社重要成员之一，著作颇丰，代表作《埃维莉娜》是风俗小说发展史的里程碑，被伍尔夫尊称为"英国小说之母"。此外，伯尼还用幽微精妙的语言刻画了卡米拉、塞西莉亚等一系列生气蓬勃、闯荡社会的女性形象，简·奥斯汀称赞其文风澄澈，是一位最洞悉人性的女作家，拥有一个属于女性创作者自己的世界。

2.安妮·勃朗特（1820—1849），英国女作家，堪称19世纪文坛奇迹的勃朗特三姊妹之一，自幼生活在荒凉的约克郡乡村，为了生计，曾做过家庭教师。早年与姐姐艾米莉共同创作了仿英雄传奇的"贡达尔王国组诗"，著有《艾格妮丝·格雷》，这部带有自传色彩的小说被誉为英国文学史上最完美的散文体小说。安妮在第二部作品《怀尔德菲尔庄园的房客》完成后不久，因染上肺病而天才早逝，是英格兰文学荒野中一朵来不及绽放就凋零的石楠花。

3. 艾米莉·勃朗特（1818—1848），英国女诗人、小说家，勃朗特三姊妹之一，现代女性小说先驱，代表作有《呼啸山庄》，女主人公自由不羁的灵魂犹如开花的欧石楠丛一样寂寥、神秘而不可摧毁；此外，她还著有一百九十多首热情、深沉且大胆的抒情诗和叙事诗。艾米莉的女性意识超越了传统女性主义框架，其存在方式早已越过性别或生死边界，与约克郡荒原融为一体，犹如荒原本身一样孤寂，却从不缺乏生命力。

4. 夏洛蒂·勃朗特（1816—1855），英国女作家，生于英国约克郡乡村牧师家庭，身世凄苦，在勃朗特姊妹中年纪最大，代表作有《简·爱》《谢利》和自传体小说《维莱特》。早年上过教规严厉的寄宿学校，先后当过教师和家庭教师。尽管遭到诗人骚塞泼冷水，断言文学不是女人的事业，但她仍坚持文学创作，忠实地再现了 19 世纪孤独的女性挣扎与成长的现实历程，叙事带有阴郁又炽烈的浪漫主义色彩，与其他两姐妹并称"英国荒原上的三朵石楠花"。

5. 南希·米德福德（1904—1973），英国女作家，里兹代尔男爵二世的长女，名噪一时的米德福德六姐妹之一，以其美丽聪慧、特立独行的个性而为人称道，因其才藻艳逸而被誉为英国上流社会中的闪亮珍珠。代表作有讽刺性半自传体小说《爱的追求》《寒冷季节的爱情》《幸事》《贵族义务》以及关于法国传奇女性的《德·蓬帕杜尔夫人》等传记作品。二战期间，她把海伍德·希尔书店改造成文学沙龙和避难所，该书店至今仍是伦敦文学地标之一。

6. 伊丽莎白·盖斯凯尔（1810—1865），英国小说家，原名伊丽莎白·克莱格雷恩·斯蒂文森，生于伦敦唯一神教派牧师家庭，后嫁牧师盖斯凯尔为妻，代表作有以劳资冲突为背景的《玛丽·巴顿》、以传统小镇生活为题材的《克兰福德镇》《妻子与女儿》以及传记作品《夏洛蒂·勃朗特传》，尤其关注维多利亚时代女性伦理以及社会道德问题，善于观察和捕捉普通人的悲喜与浮沉。

7. 玛丽·兰姆（1764—1847），英国女作家，散文家查尔斯·兰姆的姐姐，出身苦寒，靠着做些针线活儿来营生，曾因神志失常而被关进精神病院。与其弟合著《莎士比亚戏剧故事集》，叙事语言淡泊、含蓄且隽永，隐藏着超越时代的前卫思想，是莎翁作品传诵最广的改编版；而另一部合著《为孩子写的诗》堪称最早致力于幼教的英国诗集之一。二人以书为伴，组织过文学社团，玛丽被诗人柯勒律治誉为英国文学宝库中一颗永久闪耀的宝石。

8. 克里斯蒂娜·罗塞蒂（1830—1894），英国女诗人，拉斐尔前派成员之一，诗风清新哀婉，兼有抒情性和神秘性，带有浓厚的宗教色彩，犹如一位优雅圣洁、略带忧伤的歌者，被誉为英国第一女诗人，代表作有《妖魔集市》《歌》《思念》。伍尔夫曾赞美她的吟唱有时像知更鸟，有时又像夜莺，并专门为她写过一篇名为"我是克里斯蒂娜·罗塞蒂"（1932）的随笔。

9.丽贝卡·韦斯特（1892—1983），20世纪首位公共知识分子，西塞莉·伊莎贝尔·费尔菲尔德的笔名，英国作家、记者、社会改革家、文学评论家及游记作家，生于爱尔兰克立郡，曾担任《自由女性》撰稿人，致力于女权和自由派运动。代表作有半自传体小说《溢流之泉》《黑羊与灰鹰》《思想的芦苇》《向日葵》等，她的文字睿智而犀利，善于洞察纷繁复杂的人性及世界，有助于揭示人类苦难之谜。

10.克利奥帕特拉七世（大约前70—前30），即埃及艳后，古埃及托勒密王朝最后一任女法老。她不仅容颜绝世，而且机智过人，一生极具戏剧性。在位期间，成功地保护国家免受罗马吞并，曾色诱恺撒大帝和安东尼，因此古罗马人痛恨她，称其为"尼罗河畔的花蛇"。公元前30年，她被屋大维所俘，自杀而亡。克利奥帕特拉为古埃及赢得了二十多年的和平时间，是埃及人心目中的女勇士。

11. 麦克白夫人，英国作家莎士比亚（1564—1616）的悲剧《麦克白》中的人物，曾怂恿丈夫谋杀国王以夺取王位，最后死于疯癫。其形象常被定义为剧中第四个女巫或像魔鬼一样的王后，一个残忍冷酷、野心勃勃的女人。然而，她本身其实也是权力欲和妇道的殉道者，从而沦为幽暗古堡里的梦游者，徒劳地尝试从手上洗去那些看不见的血迹。即便她受尽良心折磨，但仍处处关心体贴麦克白，极力压抑自己的内心冲突，最终导致精神彻底崩溃。

12. 罗莎琳德，莎士比亚喜剧《皆大欢喜》中的人物，故事取材于英国作家托马斯·洛奇的牧歌传奇《罗瑟琳德》。她是弗雷德里克公爵的侄女，因遭叔父放逐，于是扮成男人自称盖尼米德，以便去亚登森林中寻找父亲。这座森林远离尘嚣，一群被放逐的人过着淳朴的田园生活，这里没有私有制，也没有性别歧视。在罗莎琳德这个人物身上，莎士比亚寄托了自己对于那些生活在人类黄金时代的、自在自为的女性艺术家的理想。

13. 克吕泰涅斯特拉，古希腊神话中斯巴达王的女儿，迈锡尼国王阿伽门农的妻子，海伦的妹妹。当她得知女儿伊菲革涅亚被丈夫骗走并献祭给阿耳忒弥斯女神后，为了替女儿报仇，设计杀死了阿伽门农和被他掳来的预言家卡珊德拉。其故事见于《荷马史诗》和埃斯库罗斯的《俄瑞斯忒亚》，克吕泰涅斯特拉的形象基调是一位失去女儿的忧愤不平的母亲。

14. 安提戈涅，古希腊戏剧家索福克勒斯（前496—前406）笔下的悲剧人物。身为俄狄浦斯的女儿，她不顾新国王克瑞翁的禁令，将反叛城邦的兄长波吕尼刻斯予以安葬，后被囚于石墓而死。为了捍卫自然法，她至死不向世俗权势低头。安提戈涅对城邦法的控诉被称为安提戈涅之怨，其悲剧女英雄式的怨恨成为当今西方宪政、民主和法治的源头之一。

15. 费德尔，法国剧作家拉辛（1639—1699）同名悲剧中的女主人公，雅典国王忒赛的后妻，爱上继子希波吕托斯却得不到回应，为了逃避越界和被拒的双重耻辱，遂恶人先告状，导致后者被失控的马车拖行致死。故事取材于古希腊欧里庇德斯的《希波吕托斯》，所谓费德尔情结这个心理学术语正是源于剧中人物。这部关于女性情欲的作品写出了人性中最深刻的悖论，因爱而不得便施行报复，同时也导致自我毁灭。

16. 克瑞西达，莎士比亚戏剧《特洛伊罗斯与克瑞西达》中的人物，古希腊传说中特洛伊祭司卡尔卡斯的女儿，钟情于特洛伊王子特洛伊罗斯，为了交换俘虏而被迫回到投奔了希腊人的父亲身边，随后爱上了希腊贵族青年狄俄墨得斯，特洛伊罗斯得知后悲伤而亡。故事还见于乔叟的同名作品和薄伽丘的《菲洛斯特拉托》。尽管该人物具有中古骑士恋歌的浪漫色彩，但也深陷莎士比亚所说的内心矛盾性：在快活的希腊人中间，做一个伤心的克瑞西达。

17. 黛丝德蒙娜，莎士比亚悲剧《奥赛罗》中男主人公高贵而温柔的妻子，却死于嫉妒和谋杀。身为威尼斯公国元老的女儿，她违逆父命，爱上了带有传奇色彩的摩尔人奥赛罗并私奔相随，却以悲剧告终。黛丝德蒙娜的悲剧并非源于丈夫奥赛罗的猜疑或其宿敌伊阿古的诽谤，而是在于她尝试摆脱社会对女性角色定位时，不但没有得到世人的认可，反而被歪曲、诋毁和扼杀，无法在那个男权世界中安然自在地生存。

18. 马尔菲公爵夫人，英国杰出戏剧家约翰·韦伯斯特（1580—1632）同名作品中的悲剧人物。寡居的马尔菲公爵夫人是费迪南德公爵和红衣主教的姊妹，因为拒绝服从家族对其婚姻选择的控制，与管家安东尼奥秘密结婚而惹怒了两个兄弟，导致她和自己的两个孩子都死于谋杀。公爵夫人尊重自己的愿望，尽管她最终沦为16世纪梦魇般社会等级秩序的献祭品，但她临死前仍坚称自己是马尔菲公爵夫人，不愿放弃自主权和独立性。

19. 米勒曼特夫人，英国复辟时期优秀戏剧家威廉·康格里夫（1670—1729）的风俗喜剧《如此世道》中的女主人公。除了摒弃贵族陈规旧俗之外，她还主张在家里保留一定的私密空间，丈夫绝不能自作主张地靠近她的茶桌。该人物以幽默生动、高雅含蓄的谈话艺术，敢与英国上流社会的不良习气唱反调，反映出当时英国女性逐步在家庭和公共领域努力争取更多的自主权。

20. 克拉丽莎，英国现代小说奠基人塞缪尔·理查逊（1689—1761）的书信体同名小说中的女主人公。少女克拉丽莎美丽温柔，是一位乡绅的女儿，她不顾家庭反对而爱上了青年才子罗伯特，但却遭其凌辱，最终羞愤而死。作为一位在精神上追求理想生活的女性，克拉丽莎为了维护人格尊严而自尽，她的生命如残花凋落，文中弥漫着浓厚的感伤气氛。而法国启蒙运动作家卢梭笔下的人物朱丽，又名新爱洛绮丝，据说就是克拉丽莎的翻版。

21. 贝姬·夏普，英国著名作家威廉·萨克雷（1811—1863）的讽刺小说《名利场》中的人物。由于当时女性必须依靠婚姻才能实现阶级跃升，贝姬身为一名出身贫寒的孤儿，从小就决心要不择手段地用美貌与智慧征服浮华世界。当她面对命运不公时，选择用谎言和交易来反抗性别期望，导致其重构的身份最终崩溃，又回到了生活的起点。作者探讨了19世纪主流社会对两性期望的迥然不同，从而揭示了名利场中女性命运轮回的本质。

22. 安娜·卡列尼娜，俄国现实主义作家列夫·托尔斯泰（1828—1910）的长篇同名小说中的女主人公，一名追求爱情幸福的彼得堡贵族妇女，不但无法冲破那张以丈夫卡列宁的道貌岸然和情人渥伦斯基的冷漠自私织就的巨大蜘蛛网，反而处处受挫，最终卧轨自杀。安娜的悲剧注定会发生在死气沉沉又惶恐不安的新旧观念交替时期，但她怀抱着激情与热望，想要挣脱那张用来束缚女性的虚伪之网，犹如一簇跳动的野火，照亮了19世纪文学女性画廊。

23. 爱玛·包法利，法国现实主义大师居斯塔夫·福楼拜（1821—1880）代表作《包法利夫人》中的女主人公，富裕农场主之女，在修道院接受过贵族化教育，后嫁给小镇医生包法利为妻，因沉浸于爱情遐想而委身于卑劣男性，从而沦落到债务缠身、走投无路的地步，最终服毒身亡。就当时女性所处世界的狭窄性及其视野的局限性而言，诗人波德莱尔认为包法利夫人之死是很崇高的，不仅是其自身浪漫幻想破灭所致，更是19世纪女性悲惨一生的缩影。

24. 德·盖尔芒特公爵夫人（奥莉阿娜），法国作家马塞尔·普鲁斯特（1871—1922）的小说《追忆似水年华》中的虚拟人物，代表法国最古老的贵族社会，是府中文化沙龙的女主人，其主要原型为19世纪末巴黎艺术家圈子核心女性譬如舍维涅伯爵夫人和格雷弗耶伯爵夫人。书中提及盖尔芒特府晚宴如同古罗马神话中的酒神盛宴，散发着犹如神鸟般的奇异光轮，但作者最终却不无失望地发现这位公爵夫人的所谓优雅品位是出于矫揉造作的审美情趣。

25.伊丽莎白一世（1533—1603），原名伊丽莎白·都铎，英王亨利八世之女，英格兰及爱尔兰女王（1558—1603），英国黄金时代开创者，被称为荣光女王，因其终身未嫁，亦被称为童贞女王。伊丽莎白一世在位期间国力强盛，正值英国文艺复兴时期，她所施行的开明宽容的政策促进了文学艺术空前繁荣，被誉为英国历史上的黄金年代。而她本人也从事写作和翻译，亲自翻译了霍勒斯的《诗歌艺术》，其生前演说和翻译的部分作品一直流传至今。

26.玛丽女王，本文所指的玛丽·斯图亚特（1542—1587），即苏格兰女王玛丽一世以及法国王后。苏格兰国王詹姆士五世之女，十六岁时在巴黎圣母院与法国王子成婚。两年后返回故乡苏格兰，不久其王位遭废黜，后被英格兰女王伊丽莎白一世囚禁达十八年之久，最后以蓄意谋杀罪被处死。伍尔夫在文中影射只有像她和伊丽莎白女王那样出身极为高贵的女性才会载入史册，而大部分女性都隐没在历史尘埃中。

27.乔安娜·贝利（1762—1851），苏格兰女权主义文学批评家、诗人和剧作家，理性启蒙运动和早期浪漫主义核心人物，创作了二十多部戏剧，被誉为"女性莎士比亚"，还著有类似苏格兰民谣风格的《易逝之诗》。代表作有《蒙特福特》和《关于激情的戏剧》，剧中关于女性心灵激情的探讨，有助于后人理解启蒙运动如何重构了女性心灵，女性如何摆脱附庸角色而成为真正意义上的现代人。因其观点激进，当年曾被视为戏剧艺术的异端。

28.玛丽·拉塞尔·米特福德（1787—1855），英国女作家、戏剧家，其书信体叙事代表作《我们的村庄》抒写了尚未被工业文明所侵蚀的僻静乡村风景，笔触平淡却不乏诗意，犹如一幅英国村庄欢乐画卷，恰如书中所言，在清爽的乡野之风吹拂下，我们的灵魂似乎都散发出光芒。正是由于她敏锐地捕捉到了大工业时代前夕最后一缕田园牧歌的余晖，从而确立了其与萨克雷、简·奥斯汀、勃朗宁等人齐名的文坛地位。

29. 简·奥斯汀（1775—1817），英国小说家，身为博学牧师的女儿，她通过自学培养了写作兴趣，作品常以其故乡史蒂文顿和迁居之地乔顿为背景，题材多为英国乡村中产阶级的日常生活，语言轻松诙谐，笔风温婉细腻，著有《傲慢与偏见》《理智与情感》《爱玛》等。虽终生未婚，但其作品体现了奥斯汀本人所向往的婚恋模式，崇尚自由平等、相互尊重和理解的两性感情关系，并未局限于犹如茶杯里的风暴一般的乡绅阶层的儿女情长。

30. 乔治·桑（1804—1876），原名露西·奥罗尔·杜邦，早年曾在巴黎修道院学习，后成为法国最具风情且独辟蹊径的多产作家，浪漫主义女性文学和女权运动的先驱，创作了一百多卷文艺作品、二十卷个人回忆录以及大量书简和政论，代表作有《安蒂亚娜》《魔沼》和空想社会主义小说《安吉堡的磨工》，属于最早反映工人阶级和农民生活的欧洲作家之一，雨果称颂其为他们那个时代独一无二的伟大女性，她所居住的庄园被誉为"艺术家之家"。

31. 热尔梅娜·塔耶芙尔（1892—1983），法国女作曲家，20 世纪作曲家团体六人团中唯一女性成员，一生具有传奇色彩。姓氏原为塔耶费斯，因与不支持自己学音乐的父亲抗争而将其改为塔耶芙尔，曾进入巴黎音乐学院学习钢琴，代表作有《从前有艘小船》《小美人鱼》《花腔女高音与管弦乐队协奏曲》。虽然其音乐灵感因丈夫阻挠而受重挫，但她从不在意性别偏见，坚持创作了大量体裁丰富的作品，包括芭蕾舞剧音乐、歌剧、管弦乐和室内乐等。

32. 温奇尔西伯爵夫人，本文所指的安妮·芬奇（1661—1720），英国女诗人，原名安妮·金斯米尔，曾为查理二世时期宫廷侍女，崇尚新古典主义美德，一直是诗人蒲柏和小说家斯威夫特的挚友。她的创作风格流派纷呈，横跨宗教诗、爱情诗、田园诗、颂歌以及寓言诗等，代表作有《梦幻小夜曲》《阿黛莉娅致忧郁》，诗风带有意象清新的前浪漫主义色彩，并大胆涉及女性心理失衡、精神压抑以及女性写作潜力受阻等当时被视为耻辱烙印的文学主题。

33.伊丽莎白·蒙塔古夫人（1718—1800），英国18世纪独步一时的文艺沙龙女主人和散文家，著有《漫谈莎士比亚的作品及其精神》，伦敦第一个女性知识分子学术团体蓝袜社创始人，热情鼓励并引领女性群体和普通人参与文学活动，以其在自家府邸举办的各种不拘一格的读书会和艺术讨论活动为后人铭记，挑战了当时阻碍英国妇女心智成长的社会偏见。

34.纽卡斯尔公爵夫人，本文所指玛格丽特·卡文迪什（1623—1673），英国女诗人、散文家、小说家、剧作家和哲学家，生于领主世家，曾为宫中女官，代表作有《诗歌与幻想》《自然哲学基础》和第一本由女性撰写的科幻小说《燃烧的世界》。她主张生命主义唯物论，是首位参加伦敦皇家学会会议的女性。那时，女性写作本身是一种挑战世俗的行为，她被视为言行放诞的狂人，而作为17世纪著作最多的女作家，她被誉为西方学界遗失数百年的珍宝。

35.多萝西·奥斯本（1627—1695），奥斯本爵士的女儿，玛丽女王的朋友，英国外交家威廉·坦普尔爵士的妻子，以婚前写给未婚夫坦普尔的《书信集》而闻名，书中描绘了其对婚姻家庭、社会文化等话题的个人态度，涉笔成趣，以富于女性温雅蕴藉的对话风格写成，生动地呈现了17世纪英国贵族女子的日常生活图景。正如伍尔夫所感慨的，这位在遣词造句和场景重现方面有着如此天赋的女孩子，却安于故俗而不敢涉足创作领域。

36. 阿芙拉·贝恩（1640—1689），英国戏剧家、小说家和诗人，被誉为"英国萨福"，一生著作颇丰，创作了十九部戏剧，是英国首位女性职业剧作家；此外，还著有十四篇中短篇小说、大量诗歌以及一部长篇小说，堪称文坛传奇，代表作有《利西达斯》《游荡者》和英国文学史上第一部旅行小说《奥鲁诺克》，她为那些力争赢得经济独立的后继者们树立了榜样。伍尔夫在文中建议所有女性都应该向贝恩坟墓献上花束，因为她为女性赢得了表达自我的权利。

37.伊丽莎白·卡特（1717—1806），英国古典主义者，诗人、散文家和翻译家，伦敦知名人文艺术团体蓝袜社中多才多艺的成员之一，既会制作布丁和手帕，又会翻译和写诗，曾译出大量古希腊哲学家埃皮克提图的作品，同时还为约翰逊创办的期刊《漫步者》撰文，探讨女性教育的意义，并著有《触景生情的诗歌》和《随感小诗》等，其诗作《智慧颂》被塞缪尔·理查森的小说《克拉丽莎》所收录。

38.艾米丽·戴维斯（1830—1921），英国教育家和女权主义先驱，女性高等教育倡导者，与芭芭拉·博迪雄联合创办了英国第一所女性高等教育学院——剑桥大学格顿学院，著有《女性的高等教育》。作为一名恪守传统的牧师的女儿，她只能在家中接受教育，这激励她后来成为一名社会活动家和争取妇女投票权运动的关键人物，并与朋友们成立一个名为肯辛顿协会的女性问题讨论小组，成为改变其自身所处时代的核心推动力量之一。

39. 简·艾伦·哈里森（1850—1928），维多利亚时代文坛女杰，西方古典学历史上里程碑式人物，剑桥学派神话－仪式学说的创立者，现代女权主义学术奠基人之一，著有《古代艺术与仪式》《忒弥斯：古希腊宗教的社会起源研究》等。她广泛涉猎戏剧和史诗，旁征博引大量古希腊考古学、人类学、语言学、美学、神话学等诸多学科资料，被誉为英国最有才华的女性，也是布鲁姆斯伯里文人圈中的活跃人物，伍尔夫对她充满景仰之情。

40. 弗农·李（1856—1935），本名维奥莱特·佩吉特，英国旅行作家、文艺批评家和美学家，因主张审美移情论而闻名学界，代表作有心理美学领域的《美与丑》《论美》和自成一派的超自然小说《惊魂记》，诠释了美本身不可解释的、幽灵般的本质。尽管其观点与英国文学主流格格不入，但她被评论界称为欧洲最聪明的女人，戏剧家萧伯纳称她为维多利亚时代最具国际视野的高尚的英国知识分子，作为女知识分子先驱，她一直被主流文化圈严重低估。

41. 格特鲁德·贝尔（1868—1926），全名格特鲁德·玛格丽特·洛锡安·贝尔，英国作家、旅行家、考古学家和外交家，第一个获得牛津大学一等学位的女性。曾在中东地区广泛游历，撰写过很多有关中东地区考古和民俗等方面的著作，被誉为沙漠女王。她挑战了维多利亚时代英格兰妇女的职业局限，成为深谙世界文化的旅行作家、技术娴熟的登山家和多才多艺的考古学专家，其代表作有《旅行日记》《哈菲兹诗选》《沙漠和耕地》《一千零一座圣所》等。

42. 玛丽·卡迈克尔，在伍尔夫的叙事想象中，她是《人生奇遇记》一书的虚拟作者，借此展示女性小说家如何创作处女作以及女性心灵蜕变历程，是本书第五章节的叙事核心人物，她描写了同性之间某种情愫的唤醒过程以及两性对立的逐渐消弭，认为即便身为女性，也可以拥有像男性一样的思维方式，即伟大的心灵是雌雄同体的。同时，伍尔夫还预言玛丽将在一百年之后成为一名诗人。

43. 狄安娜，古罗马神话中的月亮与橡树女神，也是狩猎女神，有猎犬或鹿相随，与众仙女在林泉之间以狩猎为戏。同时，她和艺术家和手工艺人保护神密涅瓦一样是处女神，在英语中"to be a Diana（成为狄安娜）"表示终身不嫁。因其神像常被置于十字路口，罗马人称其为"十字路口的狄安娜"。在英国作家乔治·梅瑞狄斯（1828—1909）创作的同名小说中，狄安娜针对维多利亚时代女性必须像蒸汽火车一样遵守既定轨道的社会现状表达了自己的不满。

44. 海斯特·林奇·施拉尔·皮奥齐（1741—1821），英国女作家，生于威尔士，百科全书式学者塞缪尔·约翰逊的知己女友。曾与酿酒富商施拉尔结婚，并以当时处于艺术圈核心的施拉尔夫人之名闻达于世；后改嫁意大利歌唱家皮奥齐。当约翰逊去世后，她出版了《已故塞缪尔·约翰逊博士来信》，展示了约翰逊性格中更具温情的一面。海斯特一生笔耕不辍，数以千计、令人津津乐道的信件幸存下来，见证了她心中那团永不熄灭的创作之火。

45.菲比，本书作者伍尔夫虚拟的作家 A 先生笔下的人物，名字本义为闪耀智慧女神。在古希腊神话中，菲比是光之女神，地母盖亚的女儿，头戴金冠代表新月，司掌德尔斐神谕。然而，在那部小说中，她却沦为男主人公的附庸，一直生活在对方所投下的巨大心理阴影之中。

46.琼·克劳馥（1904—1977）和贝蒂·戴维斯（1908—1989），一对美国影坛宿敌，合演过《兰闺惊变》。前者原名露西尔·费伊·勒萨埃尔，代表作有《欲海情魔》《作茧自缚》《女王蜂》；后者原名露丝·伊丽莎白·戴维斯，代表作有《女人女人》《红衫泪痕》《彗星美人》等，二人均被誉为百年来银幕传奇女星，却因宿怨难平而争斗了三十年。伍尔夫在文中用这对电影史上最令人难忘的冤家来影射所谓女人天性多疑善妒的刻板印象。

47.贝斯伯勒夫人，本文所指的是的亨丽埃塔·庞森比（1761—1821），嫁与英裔爱尔兰贵族弗雷德里克·庞森比为妻，后来成为小说家卡洛琳·兰姆子爵夫人的母亲。作为德文郡公爵夫人乔治亚娜·卡文迪许（1757—1806）的妹妹，她常陪同其姐参加政治活动和晚会，并协助其参与竞选活动，对政治具有相当敏锐的理解力。据说，她因常年遭受丈夫的虐待而导致健康状况恶化，又因与文中提到的格兰维尔·莱维森·高尔爵士有染而身败名裂。

48. 乔治·艾略特（1819—1880），英国维多利亚时代伟大的小说家，原名玛丽·安·伊万斯，擅长细致的人物心理分析和富有诗意的田园风光描写。她只身闯进伦敦文坛，成为自由撰稿人。代表作有《亚当·比德》和《米德尔马契》，书中人物多萝西娅最能代表其本人思想，拒绝用统一标准衡量所有人，主张艺术家的贡献在于延伸人类同情心。伍尔夫曾坦言，在她身上看到了世代缄默且古老如斯的女性意识。在当时，只有少数女性受过正规教育或从事有偿工作，艾略特克服了一切社会障碍而成为一名自由女性。

49.阿特洛波斯，古希腊神话中命运三女神之一，万神之王宙斯和正义女神忒弥斯所生的三胞胎之一，姊妹三人共同掌管人类命运。克罗托纺绩生命线，拉刻西斯决定其长短，阿特洛波斯则负责剪断那根薄如细纱的生命线，她常被描述成一位手持剪刀的老妇人或心思缜密、冷静公正且有主见的女神，负责检视和平衡人的命运，对于其裁夺，凡人和神皆不可违抗。

50.萨福（大约前630—前560），古希腊第一位抒情女诗人，擅长情诗与颂歌。生于贵族之家，曾被放逐西西里岛，后回到故乡莱斯博斯岛，创办过女子学校。她在海岛上抱着竖琴轻吟低唱，其诗歌体裁被称为萨福体，柏拉图尊她为第十位缪斯。由于中古基督教会认为女诗人抒发炽热的情感有伤风化，其作品被当作禁书焚毁，仅有少数残篇传世，如《永生的阿芙洛狄忒》和《相思》等。然而，正如萨福本人所坚信的：在未来，会有人记住我们的。

51.紫式部（约978—1014），日本平安时代女作家，中古三十六歌仙之一。本姓藤原，字不详，长于汉学，通晓音律和佛典，曾在宫中担任女官，代表作《源氏物语》被认为是日本第一部长篇小说，也是公认的日本古典文学巅峰，因书中女主人公紫姬为世人传诵，后改称紫式部。其笔致清幽婉转且趣味横生，在古代日本女子散文中少有能出其右者。另著《紫式部日记》，与同时代女作家清少纳言并称平安文学双璧，开创了日本随笔文学先河。

52. 卡珊德拉公主，古希腊神话中特洛伊最后一位公主，阿波罗的女祭司，因抗拒阿波罗而受罚，导致其预言不再被人相信。尽管卡珊德拉凭借知识和洞察力预见特洛伊即将沦陷，但其预言被当作疯女人的胡言乱语。木马屠城时，卡珊德拉藏身于神庙，却难逃被劫掠的命运，后被阿伽门农所俘，最终二人皆为其妻克吕泰涅斯特拉所杀。其故事见于荷马的《伊利亚特》、埃斯库罗斯的悲剧《阿伽门农》和欧里庇得斯的《特洛伊妇女》。

53. 阿托莎（约前545—前470），古波斯帝国阿契美尼德王朝公主及王后，居鲁士二世之女，号称万王之王的大流士一世的王后，薛西斯一世的母亲，以其高雅的文化修养和政治天赋而著称。据说，她曾说服大流士向西征讨希腊，从而改变了帝国扩张方向。她不仅见证了四位帝国统治者，还在漫长的历史动荡时期发挥了如同船锚一般的决定性作用，是继繁殖女神安娜希塔之后第二位被冠以夫人称号的女性人格。从那时起，该头衔逐渐被授予女王。

54.美狄亚，古希腊英雄伊阿宋的妻子，欧里庇得斯同名悲剧中的复仇女巫，科尔基斯城邦国王之女，曾帮助异邦王子伊阿宋盗取金羊毛，并与他一起前往其希腊故乡。后来，跟随其夫流亡至科林斯。因伊阿宋意欲另娶他国公主，美狄亚便毒死公主，同时杀死自己的两个儿子，最后乘坐龙车逃往雅典。美狄亚的悲剧是古代妇女的共同宿命，作者对这位陷入不合理的婚姻制度中的女性人物寄予了同情。

55.赫耳弥俄涅，古希腊公主，斯巴达国王墨涅拉俄斯和海伦之女，曾热烈地爱上了特洛伊战争中的希腊英雄皮洛斯，但因后者迷恋女奴安德洛玛刻而被抛弃，从而命人在神庙之中杀死了他，随后她自己也在其尸体旁拔剑自刎。故事见于拉辛诗剧《安德洛玛刻》。赫耳弥俄涅的悲剧形象提醒世人，高度的理性才是女性摆脱宿命的唯一途径。

56. 安德洛玛刻，底比斯国王之女，古希腊英雄赫克托耳的遗孀，其故事见于《荷马史诗》、欧里庇得斯的《特洛伊妇女》和拉辛的同名诗剧。在特洛伊沦陷后，安德洛玛刻被俘，为了保全遗孤而假意允诺嫁给阿喀琉斯之子皮洛斯，但暗下决心在婚礼当天自杀，后因皮洛斯被希腊公主赫耳弥俄涅派人杀害而意外获救。作者赞美了作为西方古典女性形象代表的安德洛玛刻所具有的自我牺牲精神和反抗暴力的决绝意志。

57. 贝蕾妮丝（约28—81），犹太公主，拉辛同名悲剧中的女主人公，身为犹太国王阿格里帕一世的女儿，她曾与两名东方君主有过婚姻经历，其美貌与聪颖令罗马国王提图斯一见倾心，不顾元老院反对而与其结合。最终，提图斯遵照国民意愿放弃了这段恋情，贝蕾妮丝则被遣返回犹太国。或许由于罗马人对东方公主的偏见，当提图斯去世时，她便从历史记录中消失了，如同叙利亚巴尔米勒帝国女王泽诺比亚的遭遇一样，史学家们选择性地遗忘了她们。

58. 罗克珊娜，拉辛剧作《巴雅泽》的女主人公，名字本义为闪耀的小星星，奥斯曼帝国苏丹的情人。由于宫廷密谋而导致她与公主的爱人巴雅泽一同被苏丹下令处死。尽管女主人公死于情杀丑闻，带有古典主义宿命论色彩，但作者忠实地呈现了17世纪女性爱欲与社会伦理之间的激烈冲突。

59. 阿达莉，公元前9世纪以色列国公主，嫁给犹太国王为妻。国王死后，其子奥柯西亚被以色列民众所杀，阿达莉为子报仇处死多人。后来，民众趁阿达莉进入神庙时，将其处死。她与以色列王后耶洗别、波斯王后瓦实提和亚述女王塞弥拉弥斯并列为世界上挥舞权杖的四位女性之一，后成为拉辛同名悲剧中的女主人公，该剧基调阴郁的暴力结局折射出 17 世纪观众对宏大道德主题的偏爱以及作者对女性沦为宗教权力角逐的牺牲品的哀叹。

60. 索尔维格，挪威剧作家易卜生（1828—1906）笔下最具诗意的戏剧《培尔·金特》中的人物，其未婚夫金特是一个富于幻想的乡村流浪汉，一生经历了重重灾难与冒险，从遇到山妖、成为先知到关进疯人院。当他最后两手空空回家时，却发现索尔维格仍在茅屋前一面纺纱，一面唱歌，等待着漂泊的心上人归来。尽管在当时现实生活中，女人被男权社会的法律所评判，但作者相信索尔维格所代表的女性力量永远是人类生命的庇护和拯救的象征。

61. 娜拉，戏剧家易卜生作品《玩偶之家》中一度被幼稚化的温顺的女主人公，被丈夫海尔茂称为"小云雀"或"小松鼠"，为了借钱给他治病而无意间犯了伪造字据罪，后者知情后骂她是下贱女人。当风波平息后，海尔茂又开始甜言蜜语，但娜拉已经认清了自己在家庭中玩偶般的从属地位。在 19 世纪西方社会中，作为一步步自我觉醒到最后断然出走的女性，娜拉是开始反思女性自身价值与精神世界独立性的典型女性角色。

62.海达，易卜生心理剧《海达·高布乐》中的人物，高布乐将军之女，因厌倦上层社会颓废生活而自杀身亡。她嫁给了平庸的学者泰斯曼，却把幻想寄托在浪子勒夫伯格身上，最终将自己推向毁灭的深渊，虽不啻为任性，但也是试图将自己从命运之轮下解救出来的英雄行为，因为她不愿放弃诗性真理，即以"插在头发上的葡萄叶"为标志的酒神式理想。正如易卜生所言，自我实现是人类的最大幸福，但与海达同时代的女性往往无法实现这种幸福。

63.希尔达·旺格尔，易卜生哲学戏剧《建筑大师》中如同精灵或缪斯女神一般的虚拟人物。作为一个激情迸发、青春无畏的年轻人，她是才华横溢但开始走下坡路的男主人公建筑师索尔内斯心目中的永恒女性象征。

在他人生的艰难时刻，昔日迷恋他的女孩希尔达前来热情地激励他完成未竟之业，再次实现如同他当年把花环挂在她家乡教堂塔楼上一样的壮举。希尔达的角色意义在于启发女性超越自我，成为洞见未来并引领未来的关键驱动力。

64.丽贝卡·韦斯特，易卜生创作的心理剧《罗斯莫庄》中年轻自由且充满冒险精神的女主人公，是一位自我赎罪与自我解放的女性。她来到挪威西部峡湾的罗斯莫庄园当女管家，不知不觉中影响了思想保守的前牧师罗斯莫先生及其妻子的人生轨迹。该人物的启示意义在于女性问题的核心是对自身命运的掌控。受其鼓舞，英国小说家西塞莉·费尔菲尔德选择了该剧中新女性解放时代的丽贝卡·韦斯特作为笔名。

65.＿＿＿＿＿＿＿＿＿＿＿＿＿＿＿＿＿＿＿

＿＿＿＿＿＿＿＿＿＿＿＿＿＿＿＿＿＿＿＿＿